钟放诗选

Zhong Fang POEMS

著 钟放

上海文艺出版社

目录

打结的电线杆（2006—2009）

- 003 我想——致 2004 年 1 月的夜晚
- 005 童年的记忆
- 006 稻草人
- 007 木偶
- 008 美好
- 009 橘子
- 010 夜路
- 011 木材厂
- 012 学
- 013 打结的电线杆
- 014 人尾巴
- 015 路
- 016 我是尘土
- 017 长吟——写给子尤
- 019 提问
- 021 离别在远方——写给子扬
- 025 棒棒糖——写给小达
- 026 致灵魂

028　所谓纯洁
030　我仍在温柔地寻找——写给善良的人们
033　为了那写不完的诗歌——给母亲
035　为了那永久的记忆——给姥姥
037　我们的缘分
039　父亲——献给父亲
042　夜小感
043　无题

我的左手是条蛇（2010—2012）

047　病情
048　陶醉在诗歌装点的生活里
049　幻想书店
050　上海九月
052　透析
055　透析有感
058　可乐随想
059　一天重复的生活
060　礼物
062　二十二岁
063　可乐
065　打点滴
066　换肾（第一稿）

067 换肾（第二稿）
068 换肾（第三稿）
069 换肾（第四稿）
070 拆掉管子（第一稿）
071 拆掉管子（第二稿）
072 拆掉管子（第三稿）
073 拆掉管子（第四稿）
074 我与拜伦
076 遗嘱
077 至少还有你——写给子尤
078 给囚徒的诗
079 姥爷的手表
081 透析室
082 我的左手是条蛇
084 六十一
086 七十一
087 七十二
088 七十三
089 墓志铭
090 七十九
093 八十四
095 九十
096 幸福一刻
097 幸福二刻

098　幸福三刻
099　一百一十八
101　给爸爸的诗
103　一百二十八
105　囚徒的图腾
106　给妈妈的诗
108　一天开始
109　祝福

我们从绿色里开始（2013—2016）

113　火车上
114　牛奶
115　致钟放
116　东棉花胡同
117　臆想
118　猫
119　在北师大周围
120　新年
122　春天
123　拯救
124　送给耶稣
126　一直以来我们都用歌声吹拂大地
128　你是否撑起一把伞

129　你是撒旦造的夏娃
130　我们从绿色里开始
131　你得空出一个礼拜六
132　杜鹃花开了
133　碎了，就像手机的屏幕
134　孩子初次在母亲怀中微笑
135　糖豆奚落的清晨
136　我们躺下就睡了
137　你愿意把我的人生剁成豆酱
138　你只为诠释诞生
139　童年谣
140　"你变愤怒了"
141　我仍然能感知你
142　你独个坐着
143　你已太早入睡困意练就清醒的技巧
144　我知道，只有动物和神
145　我要像你想象的一样
146　千年国
147　基督的绞刑
149　狂欢的节日
151　敬夜
152　一束
153　边界
154　无常

155 绿叶红花

156 庸人

157 下午

158 凝结

159 受浸

160 倾斜

161 回归

162 不曾失去

165 初生

166 愿望

167 你的行李敞开

169 一天

170 这个春天，我想和一切和解

171 不要

172 姐姐

173 朝圣

长诗：怪物（2014）

附录

290 钟放生平

291 黄灿然与黄圣的通信

294 编后记："世界的五脏烂掉了"

打结的电线杆
(2006—2009)

我想
——致 2004 年 1 月的夜晚

我想成为所有人
坐在漆黑的清晨
每个人手中都长出一束光
就点亮了彼此漆黑的灵魂

我想成为妈妈
生下整个乡村
一辈子不给他们断奶
使每个人都变得单纯

我想成为父亲
拥有山峰一样的背
背起一个又一个孩子
最后被踩成厚重的土壤

我想成为一股烟
缓缓上升

在肉身不能承受的宇宙中
化成一粒渺小的尘埃

2004

童年的记忆

我看着你,
有些不舍得离去。
但我还是走了,
离开童年的记忆。

那时我们总是很小心,
追赶着彼此。
怕摔得很疼,
却又希望摔在一起。

但现在,
我走了。
我带着你的笑,
带着你的柔情走了。

怎么忘得了那晚,
你阴沉的叹息。
和你那醉人的体香,
枕边的甜言蜜语。

2006.7.5

稻草人

黄昏下守候,
一群孤单的乌鸦。
落在你单薄的肩上,
无忧无虑地谈话。

这时候,
你无话。
只有这时候,
你无话。

谁明白你的心?
谁又愿意明白?
只有那一群乌鸦,
只有一群乌鸦。

2006.7.24

木偶

你曾悄悄举起,
木头手臂。
想抓住带温度的手,
却只抓住空气。
你曾自信地抬起,
木头脑袋。
想看到亲切的笑,
却只看到没表情的观众。
你的一举一动,
都是银丝摆弄。
谁曾亲切地问过你,
自由重不重要?
只有黑暗的角落,
只能寂寞地睡着。

2006.8.9

美好

你曾说幸福是传说,
得到了总会失去。
你曾说孤单的人最幸福,
因为不担心会失去美好。

所以我开始一个人走,
一个人面对潮水。
我一直以为自己会笑,
会体验到你说的美好。

但我等来了乌鸦,
等来了死亡的前兆。
那时我才明白,
我的美好被你悄悄偷走。

2006.8.11

橘子

我坐在河边,
看着一颗颓废的心。
我坐在河边,
看着烟鄙视地飘过。
我坐在河边,
看着那些虚伪的笑脸。
我坐在河边,
却没有看见你直直地走向我。
我坐在河边,
手里握着你给我的橘子。
我坐在河边,
看见一道美丽的风景。
我坐在河边,
把梦里的甘甜悄悄品味。

2006.9.18

夜路

一团团黑雾,
遮住阴冷的窗户。
一个人回家的路,
竟只剩下孤独。
我拿什么安慰你?
颤抖的手握不住烟头。
疲倦爬满,
灰暗的树。
我带不走那夜的冷酷,
也带不来日出。

2006.10.21　河南

木材厂

遍地都是被砍的树,
电锯的声音那么刺耳。
遍地都是木屑,
掩盖了脚。
驴子和马站在一旁,
是对荒唐的配偶。
坐在木头上吸烟的老头,
又变得更加的老。
我就要走了,
离别竟是那么轻松。
没有泪和挥手,
只对一下眼神就足够。

2006.11.6　河南

学

你学会了走路,
其实你没学会。
你学会了奔跑,
其实你没学会。
你学会了叹息,
其实你没学会。
你学会了什么?
你学会了笑。

2006.11.6

打结的电线杆

在芬兰的早晨,
有这样一种传说。
如果在路上,
打结的电线杆下。
许的愿望,
就会像美丽的电线杆一样,
实现。
我曾在那遇见你,
对着你的背影许愿。
我的愿望很简单,
却没有实现。
从此我再没见过打结的电线杆,
也再没回那座城市。

2006.11.19

人尾巴

你翘起的尾巴，
没有吓倒我。
因为那是你的自满，
而我依然活我的。
即使你鄙视我，
用异样的眼神看我。
也不能改变我，
不能赶走我。
我不会因一个不起眼的你，
放弃整个世界。
不，决不，
因为你不配！
你只是活在别人眼里的金子，
而我是活在自己世界里的疯子。
所以为了这不同道的性格，
我们必须擦肩而过。

2007.1.11

路

你问我要去哪里，

我不知道，

路延伸到哪里就去哪里。

路过的风景，

和划过的流星，

一起送我们离开。

那些好心的人，

那些卑鄙的人，

都是过路的人。

只有我们，

只有我们脚下的路，

才是真的。

2007.1.31

我是尘土

在猫的眼睛上旅行，
我们是尘土。
飘浮在肮脏的尸体周围，
却并不寂寞。
有时候我们还嘲笑，
孤单的诗人。
挥洒激情时，
却没有听众。
可他却怎么也想不到，
我们在为他鼓掌。
鼓掌是因为他寂寞，
鼓掌是因为他像原来的我们。

2007.2.17　除夕夜

长吟
——写给子尤

我满腔的激情,
说给谁听。
只有那孤独的铁窗,
和冰冷的墙。

一个医院的病友,
却从来没有相见。
是什么错过了你我,
年轻的生命?

曾经天真地以为,
上天眷顾美好的人。
可是那一声霹雳,
击碎了我的想象。

怀着一颗洁白的心,
和纯洁的寂寞。

我来到你的诗前,
仰慕你的墓志铭。

没有鲜花泪水,
只有一颗为诗而跳动的心。
这样够不够?
就这样目睹你的落幕。

在这没有云的下午,
你的诗陪我欢笑。
仿佛你依然活着,
一分钟后就会经过我的窗口。

2007.4.13

打结的电线杆
(2006—2009)

提问

空空的位子,
没有让我失望。
远处的吉他在响,
提醒我该去另一个地方。

丁香花和玉兰花,
谈笑风生。
谁知新的背叛,
总在温暖的睡床上。

它占领过你放荡的心吗?
戏弄过你执着的等待吗?
还是那一波波涌来的浪,
击碎了青春的梦。

孩子放下了笔,
不知去向何方。
老人扔了拐杖,

欲求得青春的重来。

这些是迷茫,
这些是惘然。
是无助的挣扎,
是勇者最终的归宿。

可惜春夏秋冬,
每一年只一回。
可惜血雨腥风,
只出现在属于人类的视线里。

就因为人类懂得欣赏,
懂得品尝。
所以这残忍世界的创造者,
也是他们。

如今他们失去了视觉,
失去了味觉。
可为什么,
这个世界依旧残忍?

2007.6.1　儿童节

离别在远方
——写给子扬

饭馆外的桌子,
银白色的心情。
点一支烟,
满足的人生。

你与我相逢,
不是白天不是晚上。
而是太阳还没落下,
月亮已经升起的时候。

这时候,
哀伤里带着幸福。
就像忘加冰的红酒,
却格外清凉。

与你谈起诗,
仿佛进入天堂。

仿佛最可怕的死神，
也在聆听。

多希望这样的日子，
伴随余生。
多希望时间
忘了前行。

悠长的路，
你拥着我的肩膀。
疲惫的歌声，
不知流浪到了什么地方。

对面是荒凉，
心却如丁香花般开放。
玉兰花也不甘示弱，
散发纯净的芬芳。

离别时握住手，
却头也不回地消失。
是怕潸然落下的泪，
被路人看到。

一个永久的一生，

一个不愿放弃的梦想。
一个不知深浅的孩子,
在泥泞中找到了知音。

所以不愿停下笔,
不愿睡去。
更不愿我们,
有着夕阳般的梦想。

你的过去,
也曾迷茫。
我的现在,
和你一样。

可惜这胡乱刮起的狂风,
将把你带去远方。
远方是个什么地方?
找到它又要耗费多少年的时光?

当苍老抚平创伤,
当孤单变为幻想。
当我再坐在你面前时,
已是白发苍苍。

那样的话,
我仍是幸福的。
因为那许许多多的惆怅,
已不是从前的模样。

2007.6.24

棒棒糖
——写给小达

因为疲惫,
烟的粉尘,
被它代替,
含在口中,
却怕丢了你的滋味。
橙子口味代表丰收,
草莓口味代表相爱。
我们总买一对,
祝福我们的未来,
可未来却意味着分开。
再甜的棒棒糖,
也没有烟能麻醉悲哀。
再甜蜜的爱,
也抵不过时间的耗费。

2007.6.26

致灵魂

不愿看着你,
因为失去家而流浪人间。
不愿看着你,
为病痛的躯体着急。

守着你,
与你一同看护士来来去去。
你不会说话,
我用诗回应你。

我知道,
你是有文采的。
我更知道,
你心中装满志气。

你渴望天空,
渴望白云。
渴望绿荫,

渴望春雨。

你的坚强,
让你站在这里。
你的忧伤,
将带你漂去哪里?

放心吧,
我会照顾好我的躯壳。
因为那是我灵魂,
唯一的家。

2007.6.29

所谓纯洁

我翻开诗集,
那苍老的思念冲进我的心。
很像你举起的手枪,
还有跟随子弹的一声叹息。
那一夜你死了,
为了那并不爱你的人。
那一夜还有人死了,
为了那玫瑰的娇艳。
可是你听,
夜如此安静。
你听那单调的歌声,
送给诗人远去的灵魂。
此时我还在灯下,
痴情地朗诵你的作品。
这无尽的黑夜,
眨眼间就可以吞没我。
可是我在编写,
编写已故的纯洁。

还有那许许多多纯洁的夜晚,
你彻夜无眠在那书桌旁边。

2007.8.21

我仍在温柔地寻找
——写给善良的人们

我仍在温柔地寻找,
寻找那雨后的微笑。
那纯真的孩子,
奔跑在柏油路上。

寻找那汽车轧过后,
依然重生的小草。
那苍老的白杨树,
睁着无数眼睛看人们的忙碌。

而我并没有找到,
那个你等待我的早晨。
似乎它已过去了,
太久太久。

但我仍在温柔地寻找着,
寻找我埋好的痛苦。

打结的电线杆
（2006—2009）

我是多么地期望啊！
哪个善良的人把它挖走。

可是没有，
我找到了那苦涩的味道。
那曾藏在风中的，
尤其恶毒的嘲笑。

但它并没有，
吹痛我保留的幸福。
因为那善良的兄弟姐妹们，
还在为那恶毒奋笔疾书。

所以我仍在温柔地寻找，
为了那叶子的忠贞。
为了那卑微的时候，
你曾那么善良和友好。

当晨雾也开始舞蹈，
当被污染的心重新获得自由。
我终于看见了，
寻找多年的美好。

当你面对着我的幸福，

提出疑问的时候。
朋友,我不是轻而易举走到的今天,
曾经我也在痛苦的嘲笑中浸泡。

2007.9.28

为了那写不完的诗歌
——给母亲

在笔触动纸的心弦时,
笔哽咽了。
为了那无法描述的叹息,
我与笔一同沉默了!

人说沉默是困难的,
要把声音压在喉咙里。
但我想沉默是因为无法表达,
就像我对您的爱一样。

夜退去了,
退缩了!
阳光永远迷人,
与您一起润湿我干燥的心!

在这数不尽的岁月中,
您用渐渐瘦削的双手辛劳着。

用几乎嘶哑的声音,
唠叨着。

但在我心中,
那唠叨是最美的音符。
那辛劳,
是最动人的诗篇。

您本身就是一首,
既无开头也无结尾的诗。
我寻觅了这么多年,
依然能读出感动。

即便我成不了诗人,
即便我将在人生的跑道上跌倒。
可是妈妈,
您的微笑永远荡漾在我的心头。

2007.11.10　妈妈生日

为了那永久的记忆
——给姥姥

岁月是一把无情刻刀,
在您的脸上留下伤疤。
唯一不曾改变的,
是您微笑的嘴唇。

从此我恋上了那双有皱褶的手,
从年幼到成人。
我从不敢忘记,
那如风一样的记忆!

对着镜子,
喂我吃饭。
夜深人静,
为我做着红缨枪。

对了!还有呢,
悟空的紧箍咒展昭的长穗帽

那白色的硬纸，
是我儿时最钟爱的珍宝。
还记得吗？
我站在带着铁窗的窗口。
您站在床下，
紧拉住我的衣角。

这一切都那么真诚，
这一切都那么美好。
如果我可以重新选择，
我愿意做个懂事的孩子跪在您身旁不吵不闹。

这样，
是否就能说服岁月。
让它离您远些，
不要让您满脸皱纹！

窗外是无数的嬉笑，
窗内是我颤抖的忧愁。
我要告诉您那忧愁是甜蜜的，
它多像您翘起的嘴角。

2007.11.10　姥姥生日

打结的电线杆
（2006—2009）

我们的缘分

烟，熄灭熄灭，
带着你唇间朦胧的温暖。
仰起头，
仿佛可以望眼欲穿。
也许你会不小心经过，
十一点二十八分的车站。
而我，
正在等最后一班回家的车。
你依然吸着烟，
沉迷于烟雾的麻醉。
我无意间转头，
唤起了记忆的缠绵。
你我相视一笑，
惊恐间忘记了相恋的片段。
雪花仍然飘落，
落在了贫困的烟头上。
于是烟，熄灭熄灭，
那些如雪花一样的岁月。

与烟一起,
点燃了寒冷的冬夜。

2008.1.18　于新开业的咖啡店

父亲
——献给父亲

默默地铲着猫砂,
牵狗出去。

闻到炊烟,
就知道你在家。

平时总是嘻嘻哈哈,
谈起诗来却十分严肃。

我知道,
那是你对我的尊重。

厚厚的手,
不知困乏。

忧愁的心,
却总在牵挂。

已被邻家孩子称爷爷,
忘却了将到花甲。

没有字典时,
你是字典。

没有安慰时,
你是手帕。

多少次,
我恨自己的单纯。

多少次,
我庆幸你是我的爸爸。

你用别人不惜用的方法,
让我不再冲动地做这做那。

五十三岁该休息了,
可你还在马路上奔走。

我知道你不爱你的工作,
为了我们你成了生活的奴隶。

皱纹发起了突然袭击，
白发也占领了阵地。

但是，你乐此不疲，
用汗水砌成一条无价的标语。

"一切为了孩子，"
"为了家。"

2008.5.3　爸爸生日

夜小感

夜色淹没记忆，
重读旧时欢乐。
星星两三颗，
心情时而失落时而沉默。

单纯坐在对面，
天真地望向我。
轻浮坐在旁边，
放荡地看着我。

这时我才是我，
最真的我。

2008.12.29

无题

追随爱的方向标,
我用色彩打扮生活。
给点深红加点熟褐,
管他拼出什么颜色。
一股气往纸上抹,
越抹越失落。
你不是我的彩色,
我有什么资格装点你的快乐。

2009.1.2

我的左手是条蛇
(2010—2012)

病情

疲惫的身体，
只能靠药维持。
平凡的愿望，
成了遥远的梦想。
但我的心中，
出现了热情。
击退了病魔，
自以为是的牵强。
所以生活又重新起航，
挂上了希望的风帆。
向着大海，
向着希望。
向着那在远方，
不平凡的姑娘。

2010.10.14　凌晨

陶醉在诗歌装点的生活里

姑娘,
请信任我。
让我拉着你的手,
陶醉在诗歌装点的生活里。

姑娘,
请什么也不要说。
走进来,
感受欢乐。

姑娘,
请让我为你朗诵。
一首又一首,
羞怯的诗歌。

姑娘,
请不要怀疑。
那是四季都有的,
金色。

2010.11.17 凌晨

幻想书店

古色古香的窄小书店,
倾注了一个诗人的梦想。
那里摆放着各种诗集,
仿佛是游吟诗人的天堂。
坐下来可以吸烟,
喝一杯浓浓的热茶。
没有女人更好,
只有一个习惯单身的男人和他的诗。
陪伴他的活物,
是一只黑猫。
它可以趴在诗集上,
贪婪地睡觉。
偶尔走进来一两个人,
翻看着小说或画报。
在这个忙碌的沙漠一角,
是否还有这样一块值得留恋的绿洲?

2010.11.28　凌晨

上海九月

我来摆平命运
强加在我身上的枷锁
为了今生的一个九月
为了上海的一次邂逅
任何自以为是的力量
都无法阻止我
即便死亡
也不能牵绊我的旅程
啊！上海
啊！九月
你在召唤我
我的激情
我的理想
与前程
远胜于那些世俗
那些为了活着而活着的动物
等待我吧
命运

我已经做好了牺牲的准备
请再往我的灵魂中看一眼吧
除了青春外
我还有一根坚硬的骨头
时刻发出震耳的声响
那根骨头名叫信仰

2011.8.18

透析

机器里流淌着
是我鲜红的血液
与血液同样鲜红的
是护士的热情
在翻滚中褪色的青春
犹如被重新激活了一般
在这个世界上
有多少人死于疾病
在这个世界上
有多少人因为透析而活下去
活下去吧
因为活着是一种幸福
活下去吧
因为活着能给他人幸福
粗粗的针头
藏在深深的血管里
刺骨的疼痛
却逐渐消散

在命运又一次向我发起挑战时

在痛苦又一次固执地把我陪伴

透析拯救了我的生活

我那残破的生命

仿佛这是一种宿命

一定要我与别人走不同的路

要我替我的战友们

活下来品尝疾病的苦痛

让我在这苦痛中

流露一种幸运

这种幸运

融化成了一股力量

这股力量

将支撑我的笔

还有

我的人生

就这样

我安静地躺在床上

就这样

我望着天花板发了一下午的呆

想着我的未来

想着那些顽强的生命

我突然发现

原来我小看了这些人

这些为了活着而活着的人
他们那么的平凡
但是
又是那么的伟大
只能依靠机器
却还坚定地活着
那是一种
生存的欲望
而这欲望
使我感受到不一样的激情
那是生命的力量
使人动容的力量
机器里流淌着
是我们鲜红的血液
但此刻在我眼中
那是一面红旗
一面与人生与疾病
宣战的红旗
握着他的人
是最普通的人
握着他的人
是最值得尊敬的人

2011.9.28　于透析后

透析有感

血液
血液
灵魂在渴望吸吮
吸吮从机器中回流的鲜血
那是吸血鬼的印记
在还未愈合的伤口上
如此鲜红的血液
好似葡萄酒的热情
那是一个活着的生命的象征
能如此活着看到自己的血液
这是多么的奇妙
又是多么的幸运
看着自己的血
在封闭的管子里奔涌
毫不担心生命的逝去
那真是一种享受
为了配合这种享受
疼痛也逐渐消退

就这样静静地躺着
任时光飞逝
这种生活
是如此的奢侈
但又有多少无知的人
用呻吟来抗拒命运
平凡的人
不是我看不上你们
这温存的治疗
竟使你们感到痛苦
在我眼中
你们多么幸运啊
如果我也能像你们一样
我该会写出多么动人的诗篇
可惜我丝毫感受不到
你们所感受的痛苦
所以我只能失望
失望也是种不一样的痛苦
既然命运安排我们这样生活
我们就努力过好
只要我们与命运握手
那么再多的痛苦也是财富
也许这就是我与你们的不同
我有笔可以诉说我的感受

而你们只能用言语

而且表达出来竟成了恐怖

我不该嘲笑你们

因为你们与我一样的命苦

只可惜你们不是诗人

浪费了命运安排的苦痛

那就让我替你们痛苦吧

那就让我帮你们表达吧

至少我是善意的

至少我们都理解那感受

血液

血液

灵魂在努力吸吮

吸吮那干净的鲜血

那是我们对于生命的热忱

那是我们活下去的资本

2011.10.1　国庆节

可乐随想

结冰的可乐
冻住了灵魂
那些冒着泡的欢乐
却离我们越来越远

2011.11.2　凌晨

一天重复的生活

起床

看书

吃饭

写诗

等待毒素上涨

等待透析排毒

抽烟

喝水

做白日梦

想念上海

2011.11.3 夜

礼物

这样悠闲的日子
要是在上海就完美了
可惜人生
永远不会完美
多少都会
有些遗憾
也许就是这不完美
才使人生变得魅力十足
引得我们即使一无所有
也要去追求
健康
疾病
人生总是躲不开痛苦
还有孤独
然而
我却得到了一些礼物
诗歌
时间

活着

透析

2011.11.16

二十二岁

我二十二岁了

人生出现了变故

有四件事发生了改变

第一我成为了一个诗人

第二我的病情恶化到了透析的地步

第三我的诗数量达到了一千

第四我参加了人生中第一个诗歌节

认识了那么多诗人和歌者

我二十二岁了

没有爱情

没有学业

没有工作

没有车子

没有房子

没有儿子

但我却很快乐

2011.11.16

可乐

可乐不是葡萄酒
不能制造浪漫
不能与爱人分享
不能点缀诗意
但是可乐是甜的
就如一个吻
就如一份关怀
一份爱
也就好比
我是个自由的诗人
我只迷恋可乐
不会为了帮谁
而背叛自己
所以请别给我咖啡
更别让我
为你写什么反战的歌
可乐不是葡萄酒
不能给人浪漫的错觉

但它的确很甜
而且可以使生活新鲜起来

2011.11.19

打点滴

我像一只死猪一样躺在床上
一些穿白衣的女士在往我身体里打水
用细而锋利的针头
好像在制造注水的猪肉

2011.12.4

换肾(第一稿)

从我的肚皮上
割开一个口
再从里面拉根血管
添加一个鲜活的肾

让它融入我的身体
成为我的发动机
取代心脏和肺
甚至抢占大脑的部分权利

从此我成了插管子的人
重生的人
可以选择怎么活的人
一个新鲜的人

2011.12.10

换肾（第二稿）

雪白的床单遮住我的躯体
慢慢睡去享受婴儿的待遇
医生温柔地切开我的肚皮
为我的未来奉上意义

舒适地躺在病房里
屋外却是冰天雪地
尽管我周身赤裸
像小动物一样等待护士的疼惜

鲜红的生命体
依赖我继续存活下去
请不要小看它的作用
它是我未来奔走的动力

2011.12.10

换肾（第三稿）

鲜血一定流了不少
成为城市的污垢
切开一个口子
再把它缝上

我静静地躺在手术台上
医生们在聊着家常
一根针扎在我的动脉里
主任说她没准让助手帮帮忙

接着就是沉睡
手术室外是亲人注视的目光
苦难终于还是过去了
留下了这单调的诗行

2011.12.10

换肾(第四稿)

先把阴毛刮掉
再把大便排空
打上点滴
等待
一个医生来接我
走着进手术室
医生护士都奇怪
怎么还有尿就来换肾了

接着躺下
在美丽医生面前脱光衣服
麻醉
像从地狱中回来一样回到病房

2011.12.10

拆掉管子（第一稿）

早晨醒来总会担心
身体上的管子
仿佛它也成了身体的某个器官
甚至还是最重要的器官

医生来了
拽了一拽
问了句疼吗
就把它拆了下来

身体一下子轻松了
笑也自然了
管子啊管子
离开我你就该被当成废物处理了吧

2011.12.13

拆掉管子（第二稿）

那是一个温顺的早晨
我的医生来病房看我
因为他真的好久没来了
所以我喜悦地微笑着

管子深埋在我的血脉里
成为我一部分神经
有些敏感
自己都很疼惜它

结果医生拉了拉
又一拉
管子含着泪水
与跟它刚刚相爱的肾告别

2011.12.13

拆掉管子（第三稿）

拆掉管子
身体恢复了自由
那些暗暗的担心
也随着管子离去

拆掉管子
心中有了喜悦
细胞也开始跳舞
庆祝这重生的一刻

拆掉管子
真的就那么轻松
与我想的相差太远
这使我彻底放松了

2011.12.13

拆掉管子（第四稿）

摸摸自己的肌肤
没有性欲
身体软软的
不想动弹

医生进来了
掀开了我的衣服
摸了摸上面的管子
然后慢慢试探

拔一下
"疼吗？"
"不疼。"
噌！拔掉了

2011.12.13

我与拜伦

我可以爱很多女人
因为我有一颗拜伦的心
可我却没有
拜伦的容貌
拜伦的
地位
我不是王子一样的诗人
也不是爵爷
我更没有忠诚的仆人
能为我把所有的书装在箱子里
并让它们
陪伴我去旅行
所以
我只能把那些书吃下去
咽进
肚子里
这样无论在哪里
我都可以记住它们

我真的爱上了很多女人
但她们都没与我相爱
我只是借用她们的美好
让她们替我生下很多儿子
儿子的名字叫
诗歌

2011.12.20

遗嘱

如果有天我死了
那么这样
请把我的眼睛
给一个俊俏的
小伙或美丽的姑娘
让他们替我
看到爱人的脸庞

2011.12.22

至少还有你
——写给子尤

我将倾心于你的优雅

和你纯洁的诗句

假如这尘世将我污染

我至少还有你

谁能躲避孤独

谁能远离痛苦

当我们迷茫

失落,甚至绝望

我们应该庆幸

因为这世界上还有你

如泉水一般

透明、清爽

2012.1.3

给囚徒的诗

我们不是犯人

但我们被囚禁

我们没有杀人、抢劫、绑架

但我们却生活在监狱里

这牢笼就是社会

就是我们千逃万逃也逃不掉的生活

所以我们三个囚徒

成了狱友

我们用笔

在这硕大的不公平的牢狱中写作

我们希望

可以拼出一个美好的精神家园

在这里

我们还他人以自由

还我们自己

自由的思想和驾驭文字的能力

2012.1.4

姥爷的手表

姥爷有一块老上海手表
已经陪同他半个多世纪
这表质量很好
现在还尽心地工作着

就是款式有些老
是那种上弦的机械表
每天都需要手动上弦
要么就会停止走动

据说当年这表一百二十块钱
而姥爷一个月工资只有八十元
为了买这块表
他花了两个月的积蓄

现在这表
在我的手腕上走动
偶尔的停顿

总让我不知所措

但我还是很珍惜它的
因为那是姥爷对我的疼爱
那不仅仅是一只老表
还是爷孙之间珍贵的情感

2012.1.5

透析室

一张雪白的床一台机器

针头很粗护士也很美丽

戴着蓝帽子透明的防护眼镜

地上一尘不染

空气中是消毒水的气味

混合着鲜血的气息

一些人平静地聊着家常

有些则唉声叹气

血被装进管子里

过滤,过滤掉毒素过滤不掉虚伪懦弱自卑

有些人是老主顾了

一个星期有五天躺在这里

他们不排尿少喝水抽烟

在结束疲惫的过滤以后

逗留在门外或厕所旁

告别那里三个月了

我有些想念那些朋友

想念我临床的叔叔和阿姨

2012.2.28　夜

我的左手是条蛇

左手的动脉突然一阵颤抖

我用肉眼就能看清里面的跳跃

一下又一下如同秒针一样

使我不得不放下阅读的书

南方是我爱着的城市

北方是我孤独的凝望

手无力地摆放在床上

像一条将死的蛇奄奄一息

它是想继续挣扎呢

还是默默地咽气

有人说死亡是来自德国的大师

为什么死亡出现在每一个国家的每一个微小的家庭里

有人呼吸急促

并且张牙舞爪

希望在灭亡之前

抓住根救命稻草

死亡是来自自然的恩赐

死亡是左手摆放的姿势

南方是我梦中的城市
那城市住着外滩和我心爱的少女
有一条蛇趁我睡觉的时候
偷偷地爬进了我的梦里
那条蛇奄奄一息
那条蛇趴在那里喘着粗气
那条蛇在梦里对我耳语
说自己是诱惑夏娃的元凶
那条蛇在我醒来时离去
它的脖颈上有条伤疤
伤疤还在不停地跳动
我真正清醒了才发现
那条蛇并没有溜走
他化成了我的左手
趴在床上奄奄一息

2012.3.8　妇女节

六十一[1]

我呼吸尘土的气息
误以为那就是诗意
其实不过是些肤浅的句子
如一只蚂蚁
死在放大镜反射的太阳中
如一个普通的人
某天喜欢上不普通的姑娘
之后被一种放大的自卑
夺取某一部分生命
比如我的诗
退化成句子
句子退化成词语
词语又退化成了字

---

1. 本组以标号为题的诗写于2012年,在钟放的诗集《稻草人的故事》中为独立一辑,此辑辑封有一句话,"给这个或许是最后的一年留下点爱情吧",而此辑的名称是"二零一二末日之时"。钟放一直有末日情结,而当时疯传2012年底会迎来玛雅历上的末日。——编注

字退化成了题目

题目退化成标点

最后为了整首诗的自由

放弃起名字

放弃标点

用编号代替

所以我开始遗忘写诗的技巧

只知道尘土的味道

2012.4.1　愚人节

七十一

上帝把人生的惊奇
藏进一根点燃的香烟
一个女人的微笑中
一个妓女的手指上
舌尖上
哦,上帝
我不是你的信徒
但请再给我十年
请只给我十年

2012.4.7

七十二

我的诗歌就是我的墓地
成千上万的手稿将我掩埋
我立起一块墓碑
上面刻着忠诚与虚伪

人们走过我的住处
冷冷地赠上一枝玫瑰
这时我从墓中伸出一只手
拾取别人唾弃的慈悲

2012.4.10　子尤生日

七十三

我的生日在三月以前
你的生日在三月以后
然而
我们的忌日
都会在十月的凌晨

2012.4.10　子尤生日

墓志铭

有一天我死去了不管在哪里
请一定要把我送回我指定的墓地
墓碑上只需要写一句话
"他写过诗,他热爱死亡"

2012.4.11

七十九

城市的街道飘着落叶没有一个人
有个背吉他的人坐在墙角吸烟
"借个火哥们",我走上前去
"我没有火机只有火柴是从那女孩的尸体边捡来的"
我转过头去发现安徒生跪在卖火柴的小女孩边上哭泣
那种绝望使我感觉好无力
吉他手划着了一根火柴这火柴快燃尽我才反应过来
这火柴是为了给我点烟的
我赶紧凑上去透过火光我发现
这个吉他手是小招
我默默地注视了他好久
没有一句话烟雾飘散
像地狱的火焰冒出的浓烟
我坐在了地上认真地吸烟
希望自己可以冷静一点清醒一点
这时候我才发现街上都是灵魂
四处游荡
一直到我看见街对面也同样坐着一个我正和一个女人聊天

我丧失了语言的能力

甚至视线也开始模糊

我突然发现那个女人是个卖墓地的人

她的手里拿着一张样图上面是凤凰山的照片

另一个我高兴地握住了她的手

与她消失在城市中

烟燃尽了烫到了我的指尖

城市的建筑消失只剩下一块块墓碑

我清晰地看见了自己的墓

上面按着我的意思刻着我的诗

那个我笑着走了进去

有工人开始填土掩埋

铲子敲打着黑夜

一直到填平,他们抽了一会烟就离开了

剩下一个我傻傻地站在那里

我知道我剩下一个空壳了

我的意识还那么的清楚

走进墓里的一定是我的灵魂

这时死神出现在我身后

紧紧搂住我的身体

我只觉得他好矮

而且气味也真的很好闻

我转过头发现死神已走远

留下了他的镰刀和乌鸦的羽毛

我想我应该去找个人问问
这是哪里
一个老者经过我身边
他应该是看守墓地的人
我走上前去询问
被告知是在梦中
猛然间我睁开了眼
发现果然我在自己的床上
可不一会我愕然发现
我屋里的地上有几根火柴和一地乌鸦的羽毛碎片

2012.4.15　夜

八十四

我们充满理想就像秒针一直在走
一块昂贵的表在走,一块低廉的表在走
我们都像表一样,表是时间的代表
我想追求梦想,我却一贫如洗
我只拥有时间,还有随处可以找到的白纸
这些换不来买我梦想的钱,甚至换不来一块面包
我有的是手稿,那是我精神的财富
我放弃金钱,选择诗歌甚至不去与女人睡觉
不去做爱,保存单纯像个别人茶余饭后议论的傻帽
我没有实现理想,是因为我不想出售自己的灵魂
但那些妓女,徘徊在大上海小小的浴室的休息室中
没有快感,也出卖自己的身体
为了换口饭吃,在不认识的男人面前那么自然地脱去衣服
我突然渴望成为妓女,为了理想出卖肉体
或者高尚地说,为了灵魂
多么高尚,多么高尚,多么高尚
这高尚要用多么卑微的方式去争取
我戴着一千五的手表,用四百多的钢笔写诗

使三千的手机接电话，发短信
我跟妓女有什么区别，我又有什么资格说我高尚她们卑微
她们用自己的器官挣钱，而我的一切都是家庭给的
现在我却要为自认为伟大的梦想，背叛他们
我们或许充满理想，如同手腕上的手表在不停地走动
它是昂贵的礼物，但现在四点五十九分时
换肾五个月整，肌酐一百七的时候
我却发现这块表，是时间的傀儡
就像我，是我梦想的奴隶

2012.4.24

九十

我疼爱我的每一首诗,如同疼爱我的爱人
我疼爱我的每一次悲伤,每一次身体的呼吸
我还疼爱我的北京,虽然它那么空旷与荒凉
我还疼爱我的每一根手指,还有我手中的流淌出的诗句
我疼爱着,努力地追求和忍受着
无论是孤单死亡还是医院,无论是医生护士还是针头
我把自己藏进一支烟,一本诗集里
为了读懂自己我抽着这烟,读着诗集
可直到烟吸尽,诗集读完我仍不了解自己
就如同不了解我的新肾,什么时候送我去死神的住处

2012.4.26 深夜

幸福一刻

我和老于在老周家,吃一只酱乳鸽
老于问我,什么感觉
我说,我在咀嚼和平
老于笑笑,说这个比喻很好

2012.5.1　798

幸福二刻

我和老周老于,在九点的大街上
出租车停在离宾馆不远的马路,斜对角
老周老于和我,等所有车都不走的时候
嚎叫着飞奔穿过马路,我跑得最快老于嚎得最凶

2012.5.2　凌晨

幸福三刻

老于老周和我,第一次见面时
我们和一群人待了好久,最后人们都走掉了
只剩老于老周陪着我,坐在复兴公园的长椅上看夜店中的
　人来人往
第二天一早十点一刻返京的高铁,老于老周陪我到第二天
早上八点多

2012.5.2　凌晨

一百一十八

我是一个被分裂出来的,从弟弟的身体里
第一关分裂成人形,失败就成了弟弟的畸胎瘤不仅自己没
　有生命
还要杀死弟弟
过关了成了人形,第二关成为独立的人形
失败就是个连体双胞胎,行动不方便还会成为怪物活得很
　辛苦
过关了成了独立的人形,第三关活着出生
这个比较难,弟弟吸收了大部分营养
失败就是一个死胎还好母亲剖腹产先拿出已窒息的我,不
　但过关了还捡了个长子的位置
叫起了午睡的医生,父亲为我输的血
我的生命力顽强,但的确不该来到这世上
所以很小我就丢了健康,吃药打针
一直到肾也罢工了,后来又换了新肾
昨天检查它一切正常,个子还挺大
昨夜上帝降临到我的房间,没有照亮任何角落
他说,我给了你生命本就不该给你健康

现在健康也给你了,为了你的健康我折磨了一百四十九个
　人
其中四十九个人死了一百人还在透析
所以不要再向我要什么了,我已听到你的祷告
我给了你生命和健康,就不会再给你才华和一个爱你的姑
　娘
活着吧,平庸孤独
除非,你用生命和健康与我交换
我没有答应,上帝便走了
我想你也许不信,昨天夜晚我学会了认命

2012.5.3　爸爸生日

给爸爸的诗

嗨爸爸,你苍老的脸上有一个家
一个不再让我漂泊,让我不再流浪的家
你的笑容那么好看,让我放弃了对现实的战斗
还有那白发,飘散在你头上的白发

嗨爸爸,我知道你每天从床上爬起来多么心甘情愿
用牛奶给我做的鸡蛋羹,一生也吃不腻
还有你保护我时,坚定的眼神
有一刻我似乎忘了,你已老了早该轮到我保护疼爱你了

嗨爸爸,我总是那么没礼貌
放肆地叫你老钟,你从没跟我急过
有时候我总在想,那是因为你那么爱我
我总像个女人一样问你爱不爱我,你从来不说

嗨爸爸,你甚至要花更多的钱为我买画布
满足我空虚的生活,你徘徊的马路我还从没目睹过
亲爱的爸爸,其实我早已长大什么都明白

只是我总想伪装成一个孩子，在你身边那么快活

嗨爸爸，你那么支持我的梦想
我把诗写在墙上，你笑着说真棒
你甚至有些骄傲，为自己的儿子写诗
尽管你知道，这多没前途

嗨爸爸，我最亲爱的爸爸
你不严厉，也从不打骂我们
可你让我看到了幸福，看到了未来的温暖
其实你只是把全部的爱都藏在，你默默劳作的背影下

2012.5.3　爸爸 57 岁生日

一百二十八

孤独的白天向赤裸的午夜蔓延
切割着所有的审判
那些申诉的人中间
站着我的儿子
他或许只是一个形态
不会站立
也不会用手指指点点
更不会与人争辩
用这种方式赢来卑微的人权
他甚至不是人
只是一个死去的人的弯曲的灵魂
这灵魂如风暴一般
带着罪恶在我肚子里生存
我爱他
并决定把我所有的藏书都给予他
并且在我临终之前
为他准备一份遗产
可似乎我们是同体共生的

要么一起等待未来的曙光
要么一起扑向盛开的死亡

2012.5.10 深夜

我的左手是条蛇
（2010—2012）

囚徒的图腾

我的牢笼在我的兜里

就如同猫脖子上挂着一条银河

一个小宇宙的光芒

我怀揣我这能折叠的牢笼

去远方

在远方我寻到了一种自由

但当我的牢笼里缺少了我的养料

我就像个机器人一样破碎

我还要带一个稍大一点的监狱

装更多的储备

还有一颗心

一些生命中脆弱的证明

最后，我还要回到北京

回到我的囚室

就像那悬挂在我窗前的图腾

（一个鸟笼里面装着一个稻草人）

他永远生活在那个鸟笼中

并且等不到被释放的那天

2012.6.4

给妈妈的诗

母亲,我想用一首长长的诗表白我的真心
那颗熟透的心,已开始颤抖了
连同您的牵挂,多年的辛劳
只是,由于那可笑的男人的尊严
疏于表达,难道沉默就不是一种爱吗
母亲,我是个注定漂泊的人
只有这样,只有这样我才能感受自由所带来的快乐
要放弃了,不再固执地因为年轻走出去了
您或许不相信吧,这世上有我爱的那么多姑娘
但只有您,是我最想待在一起的
只是我有些害怕,人到中年失去您
即便是透析室暗暗的休息间,也充满着甜蜜的属于我们的
　　回忆啊
我不怕透析,疼痛算什么
我怕的是,不再有您的短信和关心
母亲,不要怨我的多愁善感
我能力那么弱,竟都忘了对您说句爱您
那诗人说,妈妈帮助我立在阵线的最前方

而我，只想对您说
我愿意放弃男人的所有尊严，只身陪在您的身边
永远守候，不再走出温暖的家

2012.6.8

一天开始

早晨,抗排异药的铃声将我唤醒
我开始抽烟
想着我喝醉了的兄弟
重复于连的殉情
拿起米兰的小说
把生活变成《玩笑》
在纸的背面
是一种满足的幸福
天很蓝
微风吹过
昨天的雨很好
换来今天明媚的好天气
孤单
都变得甜蜜起来
在书本的陪伴下
我的生活充满了美好的期盼

2012.6.14　晨

祝福

今夜我要洒点祝福

给抱着酒瓶酣睡的人

给沿街乞讨的穷人

给理想高过生活的诗人

给依靠机器和药维持生命的病弱的人

我祝福他们幸福

因为我所尝到的生活

开始展现一些美好

我希望他们和我一样

能在阳光下驻足站立

仰望淡蓝的天空

看到云彩的形态

闻闻风的味道

不要只想着生存忘记了生活

我甚至想给失恋的人写封信

劝单相思的人想开点

其实友谊远比爱情高贵

这是我的经历

今夜我想向上帝索要一些欢欣

并不把它收入囊中

而是洒给不快乐的人

让他们感受到微小的安慰

让他们跟着风走

顺着大路走

停下来就有温暖的家

有书柜和课桌单人床

让他们不用花钱就有睡觉的地方

让他们做爱不用带身份证

让他们永远自由快乐简单地生活

不再依赖酒精

不再依赖别人的怜悯

不再渴求别人的理解

不再渴求像正常人一样放肆

至少让他们能像我一样面对生活中一片狼藉

还能想着生命的美好

2012.6.15　凌晨

我们从绿色里开始[1]
(2013—2016)

---

1. 2016年的部分诗作未查明具体写作日期,大多是从钟放朋友圈里整理出来的,只好按照发布顺序排列。——编注

火车上

我或许会在六点半被闹钟
叫醒,没有水,也没有面包
安静如铁轨的移动

夏天还在池沼中喝春天
所剩不多的酝酿,孕育孩子的黑妈妈
睡熟,她如海一样有不为人知的潮汐

那片我吻过的地方
已长出死后才有的
苔藓,日子继续着

午夜我枕着铁轨梦见
另一个我,枕着另一条铁轨
忘记了明天

2013.4.22

牛奶

新鲜的牛奶里,有股
血腥味,让我想起了
去年死去的那只奶牛

它哼唱过春天的伴奏
但春天,永远都不会
来到,于是它躺在肥沃的草地

一枝花在它头顶上升腾
一株小树遮住了,一场
日照,而东方早就熟透

一个巨大的岛,住进
我的身体中,我看见
太阳的光芒牛的眼珠

2013.5.9

致钟放

你,一生都在文字里在
语言的沙漠里飘荡,你
像头骆驼驮着不熟知的
货物游行般,穿过黄土

陪伴你的除了扬起沙子的风
还有巨大巨大的仙人掌

有时候她会意外地开出一朵花
挑战骄阳,而晚上月亮就悬挂
在她的果实旁

你走不出去的,这黑白相间的迷宫

你走不出去的,这破碎又黏合的星相

你走不出去的,也就停下背脊上长出两个凸起的驼峰

2013.5.28　晨

东棉花胡同

与你穿街而行,走过窄小的
胡同,那里我提着中药喂养过
期望的健康,那里我第一次意识到
健康无望,索性去游历上海的弄堂

与你穿过,在人群中一份炸柚子
配上鲜苹果榨成的汁,北方的帝都
再也不是别人口中的皇城根
而远方偏转成慌乱的小径

2013.8.20　凌晨

臆想

我常常在想,你在鼾声
伴奏的夜晚,裸身坐起
就着月光或窗外的路灯写诗

你不开灯,怕吵醒心爱的人
你将窗帘微微撩起,就像面对他温柔的恳求
撩起你洁白的裙摆,你握笔的声音很轻

你开始写一首柔情的诗,乳房上洒满银白的光
调皮的阴影在蜷曲的双腿中潜行
我常常这样想着就觉得夜晚很透明

2013.8.29 凌晨

猫

我在你身上游历,火焰就冲破
我的肌肤,我那只黄色的手就
开始焦虑,像极了雾霾统治的天空

你在午睡,遮雨的家有些简陋
当你与我对视良久,就开始思念你的家
我带不走的,带不走你习以为常的世界

陌生感,顺着喉咙把我赶回我的家
让我做个温顺的囚徒
熟能生巧地变成一个舒服的傻子

2013.9.30

在北师大周围

我常常往返在北师大的周围
像一只狗奔波在脓肿的旷野
体内囤积太久的本能
炸烂了我的肉体

我幸福地被气流抛向天空
挂在月亮的弯尖上
整个世界一下子变得安静
我看着疼我的极个别人在人群中穿梭
(因为没了我的消息)

你就在104公交车上
眉宇间有一种我熟悉的神色
泪水在你的眼眶里安居

你把我丢了,你想最后一个知道我消息的人
怎么都应该是你

2013.12.6　凌晨

新年

在一个把夜晚烧红的日子
我想着一些人,踏上旅程
他们曾怀揣着痛苦的纯洁
走在每一个时代中
我突然很想拥抱他们
(我前世的弟兄们)
就像拥抱这个世界最庞大的夜空
我想起空旷的街上
还站着不常回家的人
寂寥的大海上舰船还在巡航
我感到实实在在的安全
感到幸福
我深刻地怀疑过幸福
现在仍在怀疑
但,此刻不是怀疑的时候
让悲剧的种子就着一捆烟草放肆地生长吧
让我为全人类去赴一场战争
让我一个人

短短地凝视那炸碎的烟花

那是欢乐的牺牲

那是使人幸福的灾难

让我怀抱全城每一条生锈的铁轨

每一条刚刚维修好的高速公路

我这就上路

就着这新年刚开始的热乎劲

把自己打包,送给宇宙

2014.1.30　除夕

春天

总有一天你会明白
我甜味的种子会铺满大地
土壤会因为我变得纯洁

我知道未来没有雨雪
崭新的春天将在我的心尖上成熟

2014.2.6　晨

拯救

我相信我还可以收拾出一个春天
我的胆汁将把土地染绿
我的肾脏将成为新的湿地
我将重新回到陌生的人世

2014.2.7

送给耶稣

那些小雾,遮蔽窗户
你所谓的良知已经变成你的女人
她在别人怀中,梦呓里泛着微笑
你就举起神杖,审判自己
那些从容的路,站满十字架的阴间
神圣的收割,种满流着血的树
人世,我们暂存的小房子
已经洒满爱情的液体
泛着背叛者眼神中欺诈的光
你还爱我们吗?
还爱我们灵魂里的污垢吗?
你剔除不了以爱情为名义的奸淫
那些美我只有眯起眼睛才能看清
我们熟悉人世,不熟悉人
那些羔羊再不用尖叫
她们惊恐的眼神已被你爱抚
你比她们更熟悉人
你把钉你的十字架当成卧床

你背着它到天涯到海角
歌剧的喉咙笼罩起撒旦的冷笑
这人世的王,这抢占世间的主
他读不懂你的从容

2014.5.13

一直以来我们都用歌声吹拂大地

一直以来我们都用歌声吹拂大地
我们所理解的世界听不清我们的声音
宅居的天使们偶尔亲吻我们
那被忧伤绑架的心过于孱弱
我们也想把本性发散出来
得到某种无知的许可
摇曳这黎明时分幻觉臆造的爱
从申诉的人世流亡的善良
戴着镣铐，饥肠辘辘的大街
卖小笼包的商贩填不饱我们的饥渴
歌声又飘到耳朵里
旋转着跌向大地
多少消极的人投入铁轨的建造
他们的骨头在变黑后拼出一个又一个夜晚
爱，把我们抛弃
爱，把我们放飞
因为蜡做的翅膀太过接近太阳
变成了熔化的人味

我们太没有人味
被自认为的高尚施了腐刑
阴暗的地窖像收藏一件破旧的家具一样
收藏了我们
那份流亡的判决书上印满了命运
孩子一样欢乐的童年
已经把金钱塞满我们脆弱的生活
一块巧克力已经不能满足我们的嘴唇
而爱始终都渴望着侵略

2014.5.21

你是否撑起一把伞

你是否撑起一把伞
就出门了
雨轻轻啄着屋檐
胡同里的小花
探出头看你
她,看到一片春天

2014.5.24

你是撒旦造的夏娃

你是撒旦造的夏娃
是蛇的尾巴
是神所造出的最甜的果实
你是斯芬克斯之吻
出现在我梦境中的丑陋的美
是镶金边的死亡通知书
是大理石雕成的坟墓
你是爱
上天赋予你全部美好
你是罪
上天泄漏你全部丑恶
你是亚当留下的顺从
你是夏娃抛出的憎恶

2014.6.5

我们从绿色里开始

我们从绿色里开始

彼此背对着背

窄小的床也没成全

那相拥的姿态

融化成鱼吧

直立在水里

亲吻就变得

如此的安静

2014.6.8

你得空出一个礼拜六

你得空出一个礼拜六
阳光充足的白天
一切都静默着
尘土开始降临
领取幸福的队伍
排到街的另一头
我盼望梨花落下
香水瓶倒进你的毛孔
每一次呼吸都吐出光
小小的,如此轻
时间走动了
所有思绪瞬间停滞
安详于平静的永恒

2014.6.8

杜鹃花开了

杜鹃花开了
买西瓜的队伍踏上床
热浪打开人世的病房
无花果熟了
没人来探望
那么轻的疼
一克拉忧伤
你搅拌，水果
就跌进了季节
所有的节气
都在吻着你
苍白的头饰

2014.6.8

碎了，就像手机的屏幕

碎了，就像手机的屏幕
一片蜘蛛网
黑暗的精灵
躲在角落里一叠
糊了的晚上

刺眼的光，潮湿的光在我们中间
我们在城市的两边准备睡去
隔着四环，隔着早早休息的
交通铁具，纤夫的绳索
割断肩胛骨，疲惫的海滩
如难产的娇妇，这睁着眼的黑暗
已被我瞪成了白天
买早点的人群提着碗
挤进我的睡眠

2014.6.19

孩子初次在母亲怀中微笑

孩子初次在母亲怀中微笑
母亲迅速地画了一个十字
天父看到不义的人跪求他的宽恕
比看到义人还要喜悦
主,我无法为你写诗
在去教会的路上
我已感到知识的困乏
我只有向你献出我的心
我的语言还不成熟
而这心啊,她已熟了
她完全懂得如何去爱

2014.6.22

糖豆奚落的清晨

糖豆奚落的清晨
你坐下
栀子花
掩盖下走过的老人
一条衰弱的汉子
我,活不成这弯弯曲曲的老者
生命便永远年轻

2014.6.24

我们躺下就睡了

我们躺下就睡了
肢体的根部长出环城铁路
荒废的绿风
到梦里去播种
忧伤的福州整夜睁着
惊恐的眼睛
三元桥缺少一颗固定的
螺丝钉,所有的大道
都塌陷成一片瓦砾场
罢工,所有向劳动和播种抬起的手脚
指向百姓
指向锈迹斑斑的信仰

2014.6.27

你愿意把我的人生剁成豆酱

你愿意把我的人生剁成豆酱
抹在馒头上
月亮失眠了
情感没有储存
撕开黑夜的话
"你和他过得怎样?"
没有知识,还有房事
我的谢幕就像熄灭的烟头
他赢得了与烟缸的一吻
出卖生命

2014.6.28

你只为诠释诞生

你只为诠释诞生
经过这虚无的人世
长在你头顶上的荆棘
像你带来的一束光
谁能走进?
拖着踩过林间的脚印
到达木质的安息
淌血的乐园在哪?
在泥土潮湿的卵巢
我被塑成一个女人
从流汗的胸脯搓出制造人的材料

2014.7.20

童年谣

再一次抬起头
我还能分辨出基础的生活吗?
双肩包总是悬在背上
在最辛苦的时候也能感到心中孕育一些欢乐的小事情
铁门后面慢慢生长的米兰
凉夏,小伙伴们的招呼顺着纱窗传入房间
那时一切都过于简单,简单到就连
那片磕破膝盖的水泥地
都充满密密麻麻的甘甜

如今,我换了另一张脸
出门也会细细打量自己
还没成为烈士就学会享受不朽
口袋里鼓囊囊的塞满埋怨
当我再一次抬起头面对这陌生的青天
我羞愧的忘记那天空下曾住过一份无知的童年

2014.7.26

"你变愤怒了"

"你变愤怒了"
你说,睁大的眼睛望见了
银河,宽阔的边界被风吹着
月亮摇晃,这就走
去没有诗歌的地方
去不需要语言的地方
远远的,人们忙碌
汗珠汇集成江河
多少个自由民
收割粮食
建造后代
他们有太多事要做
根本顾不上说话
慢慢的语言就被遗忘
嘴只用来吃饭和亲热
这时你说
"你变愤怒了
忘记了人该怎么做"

2014.8.5

我仍然能感知你

我仍然能感知你
梦把每个场景创造清晰
我还在分开的路中央

爱,死了
仿佛流亡的判决
结痂的伤口上已长出新肉
她与完好的皮肤难以统一

2014.8.21

你独个坐着

你独个坐着
已经变成半个人
爱,分走了你的整体
把你变成年糕
用嘴感知的甜
把你的舌头变成糖浆
我轻轻地,偷看
像怕尿床的孩子,胆怯使他
整夜睁着眼睛

此时
所有的树都靠在一起
围观你们的爱情

2014.8.23

你已太早入睡困意练就清醒的技巧

你已太早入睡困意练就清醒的技巧
在余下的冬季赤膊走到街上
初学用人的方式行走
脚还不熟悉鞋子的拘束

湿气从大地深处蹿出
吐出闷闷的太阳味
那些抬起你的士兵染上了你的血
学会了宽恕

2014.8.26

我知道,只有动物和神

我知道,只有动物和神
不会嫌弃,走得远了
就忘了北方,黏稠的
牵住又一种犹豫

我从来不与世界发生冲突
也从没迈开腿与世界分离

主啊,我要步行到你的家
撇下一切,只带上灵魂

那时所有光明的天使都在空中盘旋
他们已开始计划把黑夜照亮

2014.9.4

我要像你想象的一样

我要像你想象的一样
变成秋天,在湿润的空气里赞美孤单
沿着海岸线追求蜂鸟
在大地的根部找到活下去的甜

爱,长出翅膀以天使的姿态
升上青天,又变换成十字架
在疼痛的声音里指示
幸福的乐园

一颗泪珠,带着悲伤与喜悦
从天而降

我要像你想象的一样
变成秋天,变成一片
慢悠悠飘落的枫叶

2014.9.4

千年国

总之我的善良会成为刺向我的最后一杆标枪
我会下嫁给生活
这暴君时刻表现得实际
我的基督,我不相信你仅是我的亡夫

我仍在等你
等到世界已变成一片荒原
以色列人留下的哀嚎印入大地
那塌陷的裂痕是你紧皱的眉头

我随时可以走,从衣架上摘下灵魂
坐进破旧的车厢,给虚无留下一道伤口

最终善良会成为刺向我的标枪
动物与神会引导我的迁徙
生活再也奴役不了我
我将被风吹成紫红的黄昏

2014.9.15　云南大理

基督的绞刑

我从地壳里听到
野蛮不再敲你
你手掌的纹路
引入慌忙的亲吻
冬天,你冷冰冰的
脸颊使我留恋

我看到你从夜色里
赎出星星
并吻着月亮跌入
一片马蹄声

一阵病站在街角
她瞎了的眼睛看到了
一片摇摆的树丛

从我身体里走出来的耶稣
把这瞎眼的老姑娘

狠狠地抱进怀中
我胸前燃着的火焰
炙烤恶狠狠的善良

2014.11.13　凌晨

狂欢的节日

初一，骑鸭子的男孩降生的日子
我在极度欢乐中想起悲伤的心事
天与床，一会明亮一会昏暗

仿佛年关到了，噼啪作响
的欢乐，从太阳的高温部位
散射到月亮最湿润的果核里

天上的国
死去的亲人手持酒杯
亲吻幸福的我
在宇宙深处为我宣读了
两个时代的誓约

初一，骑鸭子的男孩降生的日子
让欢乐的洪水最后一次淹没我
悲伤的阴影在大地的肉体上悉数退去

诺亚方舟停泊在高处
排队的动物们庆祝狂欢的节日
岸上的人们重又回到了生活里

2014.11.18

敬夜

就让这悲歌烧吧
夜晚红彤彤的
我们抱来了更湿的柴火
一头老虎从天上蹿出来
带刺的舌头舔开一片热辣的
忧伤，——我已不认识的情绪
夜快烧尽了
她托着火苗
烫干了一口美酒

2015.4.10

一束

语言，寓言
不巧的时间
舌头、嘴。从沉默开始

偶尔我们也说话
不算合理的交谈
也许听过人话的树知道

我们勒住
从脑子里延伸出的荒诞
明天我们都将学会传播流言？

2015.4.11

边界

我们排得如此整齐
从十五秒开始定义时间
从没有这样一个时刻
我们,长成了一个人
彼此靠得如此近
灵魂都挤出了一股
热乎劲儿
我们排列得如此整齐
拥有了走上十字架的安息

2015.4.13

无常

就这么坐着
忧伤占据了三分之二
远处、远方、远得无法呼吸

在口罩的背后
藏着多么粗鲁的牙齿
粗鲁得如同零三年的夏天

整个城市都空了
夏天叶子间的黑暗在空气里飘着
美得让人窒息

2015.4.16

绿叶红花

我用半生想你
用半生认识自己
雨停了

初夜的红酒,洒了一地
清晨,所有的鸟从我的窗前飞过
她们向南朝你飞去

一个女人
她否认自己是女人!
夜晚变得安静无比

2015.6.2

庸人

总是有什么爱着我们
一个下午,阳光抚摸人类
我坐在地球的胸腔里

总有人会厌恶陪伴
从医院的真理房退出来
并不意味着幸运

更多的爱在消耗我们
生活在自然的大气锅里
等待被蒸熟品尝自己娇嫩的命运

2015.6.2

下午

窗口的玫瑰红了
风从对面吹进来
安静的巨响从远古抚摸我

人们的窗口住着鸟
她们暂时居住预示着长久的漂泊
骑上天空我们站尽了最后一丝夏天

活的味儿
掠过皮肤的瞬间
一股赞美的欲望涌入急切的忏悔

2015.6.9

凝结

我从一阵烟雾里摸到
你的手,冰冷的爱情
在发光的表面痛斥我

我丢了太多生活
当我在暮色的海洋里捡到一枚贝壳
我停下了

海水推着我
缓缓地
把我牵出人世的干涩

2015.6.20 夜

受浸

鱼跟着鱼游,让人踏实
我不再会走出去了
外面还有多少值得看的?

光爬上碗
爬过黑夜的背脊
爬进神的眼角膜

我感到我需要爱
需要在歌声中被浸泡
需要赞美
需要出神地望望窗外

2015.6.25

倾斜

我看到你斜坐着
房间也倾斜着

我认出了你
认出了你身上的自己

此刻我的眼睛还足够透明
足够放入一粒忧郁的结晶

2015.6.25

回归

我从这条狭长的走廊
走进我的明天
一阵恍惚拖住我

总有一种幸运
跟着,缓慢的
已存在很久

我又听到来自人间的申诉
偏转又笔直
我轻轻迈出脚步踩着天国厚实的白土

2015.11.14

钟放诗选

不曾失去

一

用三十块方糖酿造甜
勾兑出一饮而尽的孤独
父啊,主啊,你注视着这个世界
你看到了吗?天真在流放地
轻轻思念着被许诺过的安息
人们开始张口,自由地交谈
每个字都带着火,烧灭地上的生命
我还带着爱!被糖包裹的身体
被你的仇敌推进地狱
我还带着爱,带着心疼
背叛了多少冬天
世界的五脏烂掉了
我能扔下她吗?我能与你同住吗?
你的旨意来过这世上吗?
你造出的背叛者爱过你吗?
爱世界的人已尽归属你的仇敌

你看见了吗？善良被遗忘
爱被诋毁
这样混乱的秩序里
我如何洗净我的天真？
你听到我的绝望了吗？

二

你在，你永远在，在宇宙的中心
注视着毁灭，注视着伤痛！
你让鸽群飞进我的体内
你让善良一点一点注入我的肌肤
你让爱变成你的样子
你让我看到罪
教给我忏悔
你赐给我苦难让我看到安宁
我已不再害怕明天
不再爱这世界上平常又幸福的小日子
姑娘的美好，温柔的抚慰
你都送来了
父啊，主啊，我听不到人的声音
我只听到你
听到你指挥着圣军
装饰我们的婚宴

那有数不尽的方糖酿出这世界永不知晓的甜
当我到达那里,将不再有疼痛和药丸
将永远不需要胰岛素!

初生

你追随过更深的世界?
你不认识你脚下的黄土
生长的人群已不再追求爱
他们太久没有抒情

你曾努力寻回一种信仰
在二十六次的轮回中吵醒孤单
为了活着,你脚下的路充满了生机
而此刻,你只想安静地做一次祷告

一个异乡人,扛着十字架在街头行进
熟悉又陌生,爱在身体里发芽了?
你来到,注定失去一切的人群中
你认识了,所有你从不认识的人

愿望

我越来越相信来世
可能今生很多事已成定局
我摸不到我的动脉,他曾
顽强地跳了四年,止疼药
的味道还在舌头的一根血管上蔓延

来世我还要做人,记住自己的名字
记住大城市的灯火和此刻
难以表达的寂静

我会找一片草原
与动物做长久的邻居
忘记语言和所有复杂的心思

我越来越盼望转世
像动脉一样忽然消失
不结识谁,也不懂人世

2016.1.10

你的行李敞开

你的行李敞开
说明你住下了
在这样的猜测里我保留着天真

卖早点的阿姨不会过问
你会留下多久
只有凉透了的煎饼和炒肝一起瞧着生活

这就是生活
从花光零钱开始，蔓延到
一个成人世界

我输光了童年
但还想赢回更多单纯的日子
因此我像个赌徒一样眨着疲倦又贪婪的眼珠
我：
我从不曾思念爱人
我不相信有人会爱

夜的钟声从路口拆到清晨

我听到,机器一直响着
一个世纪又一个世纪
瘦的只剩钙的老人提着刀子割下我一半未来

我从不在夜里思念爱人
瞪着眼睛看光爬过屋顶
夜的声音被拆得所剩不多

2016.1.19

一天

每当我想起什么
水就灌入我的梦
我不得不醒来

从昨天一直到以后
我都会这样醒来
坐在我完全不认识的地方

每当这时
我就想起一些幸福的事
这一刻我与世界没有关系

2016.3.19

这个春天,我想和一切和解

这个春天,我想和一切和解
我的身体揣着火药
炸开了夏天的序幕

我只有打破所有的感情
才能亲近你
那股滚烫的光冻住了我的肉身

我爱过,在我呼吸的时候爱过

2016.5.1

不要

不要跟我谈语言技巧
不要跟我说文学知识
我们所缺乏的是作为人的基本
远不如一只狗伏在地上睡觉
一只鸽子飞过窗口

2016.7.2

姐姐

姐姐,我从没想过我会
如此爱你。我想把你吞下
变成我的一粒细胞

姐姐,我从没想过我会
如此称呼你。好像我们拥有同一双
父母,同一个孩子

姐姐,你离开我吧,离开这个世界吧
悄悄地走,趁着夜晚走
不要回来

朝圣

我的唇贴紧大地
日子将重新回来
生生不息的泥土
教诲我看待生命

我仍然带着爱
带着灵魂里洒满泥沙的渴望
在沙漠中找寻一棵被太阳考验过的仙人掌

拥抱她
亲吻她又一季盛开的花苞
怨恨干枯在雨季的清晨
善良将缓缓挤进我的胸脯

长诗：怪物
(2014)

题记：这或许是我人生中最后一首长诗，
　　　给我人生中出现的天使。

长诗：怪物
（2014）

第一章　孽缘

关于古老恶魔狄更的传说

至今已在人间失落

他爱上了洛拉丝洛

那女天神总是外表冷漠

即便地狱与天国

有人间相隔的宽阔

但仍无法阻止疯狂的狄更追求洛拉丝洛

年轻的恶魔

终于赢得年轻的洛拉丝洛

他们一个离开地狱一个抛弃天国

来到人间过活

女天神很快怀孕以为得到了解脱

上帝却早已发现他们偷尝的禁果

上帝宽恕了他们爱情的过错

洛拉丝洛获准在人间生下他们的罪过

但作为惩罚他们将忍受天地相隔的落魄

他们的孩子也会与他们分离独自忍受寂寞

不久洛拉丝洛生下了一双儿女不是天神也不是恶魔

女儿洁白美丽长着白色的翅膀知识渊博
儿子奇形怪状丑陋又鲁莽有坚强的魂魄
洛拉丝洛带着女儿回归天国遵守承诺
痛苦的狄更带着儿子回到地狱忍受灾祸
后来人们知道这孽缘所产下的儿女是神安排的结果
他们分别是天使和怪物他们将会把人类的厄运抚摸
这或许是真实的传说

第二章　惩罚

年轻的恋人被分离后像普通的凡人一样

彼此思念受尽折磨却不能反抗

狄更只身养大儿子取名波特昂

他也就是怪物以后的首领和族长

在地狱的油泥水中长大的波特昂

身材高大性格孤僻被小鬼称为孤僻的狼

他从不与任何鬼怪来往

日子就这样一天一天过去地狱每天都很繁忙

新死的囚犯杀人狂

都来到狄更管辖的池塘

他们都惧怕这只孤僻的狼

不敢靠近也收起了在人世的猖狂

惩罚的日子很漫长

洛拉丝洛在天堂的圣水池沐浴芬芳

她回忆起狄更的粗鲁和莽撞

荡起笑容像人世间所有小女人一样

她看着女儿温柔端庄

洁白的翅膀一晃一晃

这是她全部的骄傲与希望

她给她取名涅丝波朗

这美丽的少女长大以后那么善良

她就是天使的祖先与方向

惩罚的日子再漫长

也不会让洛拉丝洛迷茫

第三章　人间

众神之神宙斯视察人间

把神迹带给所有生灵给他们灿烂

这是多么大的恩宠应该赞叹

神的仁爱可以给人期盼

可人间就是有人类的蠢蛋

他是阿卡迪亚的国王叫莱卡翁他自认为自己风度翩翩

为了鄙视伟大宙斯的查看

为宙斯准备了人肉大餐

宙斯震怒云水四震山河溃泛

把莱卡翁变成了半狼半人的牲畜他的轻视使他很惨

每到月圆他就仰天长啸变成狼人他心有不甘

决定要组织起一群狼人与诸神决战

于是他啃咬了许多人使他们的心腐烂

开始在人间四处作乱

第四章　狄更与洛拉丝洛同时受命

莱卡翁很快就发展起庞大的狼人大军
令人类为之胆寒他们成群
祷告，宙斯听到祷告知道苦难是自己制造便开始搜寻
想着谁能够给狼人一个教训
于是他找到了上帝和撒旦希望他们是天上地下的明君
并建立了一处庞大的森林起名稳郡
准备迎接上帝与撒旦派下来的正义之军
上帝找到洛拉丝洛希望她能受命重归人间到达稳郡
组织起代表上天的军队开始受训
为此上帝托起了她洁白的长裙
许诺事情结束她可以永远留在人间上帝将不再问询
洛拉丝洛带着女儿来到人间查询
宙斯安排母女在森林中集训
此时狄更也被撒旦派往人间的稳郡
他带着儿子终于与妻子女儿团聚成双成群
一家人度过了一夜幸福的时光烟火微醺
第二天就投入了紧张的集训

第五章　牺牲与殉情

狼人也不是全是无脑的动物

其实他们智慧远高过变形前的自己因为要受变异的痛苦

所以他们才表现得没有理智兽性暴露

狄更把他们轻视以为很好驯服

放松了防守结果必然会很残酷

恶魔天生的骄傲毁了他的前途

也葬送了他与洛拉丝洛的相处

他带着手下阻击狼人遇上了莱卡翁的主力残部

消灭他们给了狄更信心无度

其实这是莱卡翁的战术

目的就是让狄更轻视他苦心训练的狼人一族

迷惑了狄更也藏起了他主力的狠毒

他早就想把这地狱的牲畜

赶回到地下让他品尝痛苦

这是他对于神与魔的报复

还好波特昂是孤傲的怪物

他拒绝与父亲一起行动只身找到一片坟墓

躲在里面啃人类的尸骨

狄更终于为自己的自大付出

他的手下被狼人杀光他只剩下孤独

莱卡翁将他团团围住

不过他也太小看狄更以为他会认输

狄更杀掉一个又一个冲上来的狼形生物

嗜血的眼睛变得愤怒

终于疲倦涌上,他眼看就要成为狼人的囚徒

狄更掏出自己的心面容坚定如初

面向与洛拉丝洛告别的方向他看到一只白兔

那是洛拉丝洛的信使他向她挥了挥手就倒在狼人中间化为
　　尸骨

得到消息的洛拉丝洛面容仓促

她温柔地唤来女儿让她安排好上天布置的任务

她抚摸儿子的头颅

把女儿和儿子留在人间让他们发展自己的部族

之后她冲进狼人的住处

杀死狼人主力几乎全部

最后她身受重伤倒在血泊中用神迹把圣洁保护

搂着狄更长眠在树林尽头枕着狼人的尸骨

长诗：怪物
（2014）

第六章　复活

狄更回到地狱的阴冷中

耳边是鬼怪们嘈杂的议论和油锅的轰隆

他再次睁开双眼看到撒旦失色的瞳孔

知道这次与狼人的战争以失败告终

由于他不知道洛拉丝洛的处境和孩子们的遭遇心中很空

还好撒旦告知洛拉丝洛已回归天堂过冬

在人间也留下了火种

他们爱的结晶结果没有那么惨痛

将继续完成他们未完成的使命

现已安全的躲进宙斯造的仙洞

暂时不会被莱卡翁找到沦为食物那般沉重

但团圆已成幻梦并亲自葬送在狄更手中

我们可怜的恶魔认命般继续管理他的池塘像个老农

也不再想着未来的人类之欢和睡意蒙眬

洛拉丝洛被天神们放入圣水池中

诸神一起为这痴美的女神祷告她的寿终

诸神散发恩宠

终于洛拉丝洛七天后复活在圣水池中

她已知道狄更将与她永世分离不再有爱的冲动

自己的女儿和儿子也在安全的仙洞

宙斯亲自给了她自己的力量恢复了她圣洁的皮肤也为她的
　殉情感动

从此狄更与洛拉丝洛的故事告终

莱卡翁得以在人间建立起强大的狼族把人间彻底掌控

怪物与天使联手抵抗狼人才刚刚开始他们不会惊恐

他们继承狄更与洛拉丝洛善良残忍与共

天使用爱感化狼人的内心使他们恢复人形不再像动物一样
　空洞

怪物则用屠杀诠释地狱的威恐

他们开始默默发展自己的家族气势如虹

不久人间会竖立起又一支抵抗狼人的大军并会更加英勇

第七章　波特昂与涅丝波朗分别

在莱卡翁退去的那个黄昏

年轻的怪物与美丽的天使商议讨论

波特昂第一次与人交谈很迟钝

但温柔的姐姐搂着他他乖巧地在姐姐身边一蹲

硕大的身躯并不显得很蠢

他们开始谋划怎么把自己的力量储存

但无奈姐弟俩对处理狼人的态度有太多矛盾

他们只能分别各自组织自己的力量获得天堂地狱的恩准

宙斯已无法再容忍失败一切必须很顺

他们除了分别没有别的办法这也算为父辈承担自大的愚蠢

于是他们分开各自发展自己的族群尽管这方法很单纯

临别时姐姐在弟弟的脸上来了一吻让他时刻要保持自尊

姐弟俩分别在森林的黄昏

波特昂开始寻找自己的同类乌云也开始翻滚

第八章　相遇野怪

波特昂虽然强大但仍显得很笨
他寻找了许多年也没找到与他一样的怪物便充满怨恨
他开始杀人
把人抓来当成晚餐四处追着人类狂奔
直到有天他追着人类进入一片森林树都有粗壮的根
他看到了一个全身赤红的女怪抱着大树的根在啃
于是他走近她，想尝尝这女怪的吻
可他要先征服她并表现得比她残忍
于是他举起四棵大树开始生吞乱啃
女怪看着他觉得他太嫩
于是打败她成了唯一的办法波特昂表现得很认真
然而几个回合下来波特昂只剩沮丧但他仍很沉稳
正是这沉稳融化了女怪的心她觉得波特昂很真
坠入爱河的女怪变得像个小女人
她掀开自己强大的秘密，这秘密藏得很深
由于她是野怪所以更懂得怎么使用残忍
俩人在林中相恋并开始繁育后代把血脉延伸
不久就建立起一支庞大的怪物族群在人间名声大震
莱卡翁很快就发现了这个威胁只是他们藏得很深
才躲过了比狗还敏感的狼人

长诗：怪物
（2014）

第九章　六兄弟诞生

女怪由于全身赤红所以叫红体

她为波特昂生下六个孩子真是出色的妻

六兄弟也与她一样奇形怪状赤身裸体

波特昂为他们各个起了名字希望他们都能占到狼人的便宜

老大长着紫色胡须眼睛像机器

起名傲酷拉尔革希望他以后能不对世俗沉迷

既骄傲又有煽动怪物革命的势力

老二有三只眼和比哥哥漂亮的胡子

取名凯斯

波特昂十分看重他希望他可以成为怪物的核心创造传奇

像凯撒大帝一样有统领千军万马的能力

老三有十一只眼睛唇上长有蓝蓝的胡子

起名梦由托司

盼望他有托梦的能力指引怪物并使他们为胜利得意

老四却只有一只眼睛没有胡子

取名梦由托哥波特昂只希望他不要被孩子们欺

他上面有三个哥哥下面有两个弟弟在孩子中最不易

老五长得很正常也没有胡子

除了肤色两个尖耳朵和露出的牙齿与人类无异

希望他不要与外族相依

起名阿卡流斯希望他像勇士阿喀琉斯

对狼人发动一场新的特洛伊

老六天生一副俊美的孩子气

长得很令人欢喜

妈妈也最疼小儿子甚至很沉迷

波特昂由于自小缺乏母爱才有强大的性格对任何事不放弃

他怕他的孩子由于母亲的过分疼爱而脆弱需要别人的救济

于是给小儿子取名阿格里斯

希望他像强盗一样凶残使被他外表迷惑的敌人遇到他就没
　有了归期

六兄弟慢慢成长各有各的怪癖

红体

总想帮他们改正做个够格的母亲使孩子们不至于因为野性
　互相伤及

波特昂却对孩子们的野性分外欣喜

这让他想起年少时泡在地狱泥水池中的自己

"残忍是好事情最好各个孤僻

生活在狼人和人类统治的人间很不容易

最好外族都因为对他们的恐惧而把他们躲避"

他这样对红体讲起

怪物们都很相亲视同类为最好的兄弟

一些新怪物加入产下更多同类把种族的香火延续

很快六兄弟就成为怪物的中心无怪能比

然而谁能想到新的悲剧绝不会把怪物抛弃

第十章　人类的报复

黄昏降下的寒流多么冰冷

六个孩子做着甜美的梦

人类中有群亡命徒实在勇猛

他们不组织起来去屠杀狼人却溜进波特昂家的门缝

这群卑鄙的联盟

他们首领的兄弟曾被波特昂吃剩

白骨在草丛中安放被卷起如狂风

于是人类才会向他们不熟知的种族冲锋

红体与波特昂刚被欲望摆平睡得很沉也熄灭了吊灯

人类的火把也没把他们唤醒人们知道这是上帝的馈赠

于是割去了夫妻俩的头颅掩埋在人类的万人坑

从此六兄弟为了复仇组织起了强大的联盟

宫廷在阴森的森林伫立成为人类的噩梦

第十一章　人类与狼人合作

人类知道自己杀了强大的种族要倒霉

六兄弟愤怒的嚎叫如同炸雷

响彻在天的尽头也飘进每个人类的家内

他们惧怕对自己做的事情感到后悔

感到没有了天亮只剩天黑

于是联盟的首领带着全部人类

走进莱卡翁的地盘告知他怪物组建起宫廷并让最美丽的姑娘作陪

他们以为

莱卡翁虽已变成狼人但他终究还是人类

当人类首领自豪女儿征服了莱卡翁时却看到女儿的白骨累累

首领恨不得把莱卡翁撕碎

没等他动手莱卡翁已咬下他一半身体使他成为鬼魅

其他人类

吓得跪拜只求保命枯萎得像春天凋亡的雪梅

莱卡翁吩咐他们排好队让狼人将他们包围

一百纯血统的狼人在他们脖颈上留下印记使他们成为

狼人的傀儡

从此狼人征服了人类

几十亿的大军用来围攻怪物气势雄伟

但终于一件事让莱卡翁既后悔又受累

他并没有从首领那里得知怪物的确切方位

第十二章　宫廷的发展

六兄弟用很长时间才渡过失去父母的悲剧
并开始招募新的怪物发展宫廷对抗仇敌把香火延续
凯斯被推荐成怪物的王这也是父亲的期许
他虽成为众怪之王生活却依然拮据
他封大哥为大王爷给他划分了属于他的区域
他封三弟为小王爷给了他金钱些许
他封四弟为小王给了他一部分领域
他封五弟为外王掌管保护宫廷的重责使他们可以安全相聚
他封六弟为外小王为怪物设计地形并给狼人设计迷局
并吩咐五兄弟各找到自己的手下组织起大军与狼人的战斗
　还要继续

长诗：怪物
（2014）

第十三章　凯文托娃封后

宫廷发展好了以后一直缺个王后成为凯斯心中的一幅画
于是有一天他出宫到人间视察
还是在野怪们出没的丛林他看到一个美丽的野怪披着紫色的秀发
相熟后得知她并非野怪还有个动听的名字托娃
于是凯斯将她迎娶进宫取名凯文托娃
将她封后把微笑永远向着女怪悬挂
从此凯文托娃成为了挽救凯斯的怪，帮他脱离了失去父母的挣扎
这样怪物的厄运就终止了吗？
或许只是暂时的吧
可谁又会在这如节日的岁月中去管它
光享受当下
就足以让怪物们满足啦
从此凯斯与众怪有了新的牵挂
宫廷变得更像一个家
但凯文托娃一直没有成为妈妈
这是上帝对怪物的惩罚

与狼人的战争是何等的残酷啊

还好有王后凯文托娃

她也被怪物们称为永不凋谢的希望之花

长诗：怪物
（2014）

第十四章　与人类交战

人类成为了狼人的奴隶性格开始更改

纯血统狼人不把月圆依赖

因此他们被人类崇拜

人类也希望自己能拥有这样的能耐

特别是人类的新首领人称爱德熊将军正是他把波特昂和红体杀害

欠下了怪物的血债

他的恐惧使他找到人类的药师让他找些狼人的血脉

药师杀死了一个狼人的私生子用他的血把变身药剂灌溉

还没成功就迎来了怪物们的复仇但人类使坏

他们把凯斯带入莱卡翁和纯血统狼人的地带

凯斯受了重创只能默默把复仇等待

他甚至损失了全部新招来的怪

还好有位叫斯丁尼特尔的将军带着他的弟弟拉维特尔司以二敌百

护住了六兄弟和美丽的凯文托娃却使她对年轻的将军产生了爱

上帝诅咒这爱

但凯文托娃已不再会听从命运的安排
她开始动手造一间密室准备像收藏礼物一样收藏这份爱
凯斯沉迷于他的悍将所带给他的感慨
依旧沉迷于肉欲的贪婪不曾更改
于是这也就注定了怪物全部哀伤的意外

第十五章　不为人知的恋情

凯旋的斯丁尼特尔与拉维特尔司被封为亲王这是他们苦战
　的功劳
两兄弟与六兄弟结为至交
凯斯向怪物们宣告
两兄弟帮助六兄弟重新建立起宫廷成为狼人和人类的噩耗
谁也不会想到
兄弟们的大嫂
对斯丁尼特尔展开了秘密的追求并把这感情依靠
她对和凯斯的房事冷淡时常还会愤怒地嚎叫
像一只发情的母猫
终于斯丁尼特尔无法再拒绝凯文托娃发誓要还给她昔日的
　笑
他们在欲望的坟茔中分外逍遥
凯斯有了觉察由于凯文托娃身上的味道
因为斯丁尼特尔与野怪的首领长眉关系很好
并时常去与他论道
凯斯很熟悉这味道
凯斯希望他们两个能够自己改好

但他们早已被可怕的欲望迷得几乎次次昏倒
有一次凯文托娃与斯丁尼特尔同时达到高潮
凯斯突然闯入使秘密被他瞧到
凯斯大怒把斯丁尼特尔变成了红脸大鼻子关进了死牢
事情也波及到拉维特尔司他被凯斯变成大嘴巴的丑陋
拉维特尔司拼死救出哥哥逃离了宫廷的死牢
从此二人投奔了长眉长老
用巨鼻巨嘴的名字隐居起来忘掉了自己的功劳

长诗：怪物
（2014）

第十六章　求情的代价

凯斯知道了越狱的消息并得知他们投奔了野怪就想把野怪
　　消灭
他封赏了给他带来消息的两兄弟尽管他们很不屑
他们原是野怪，哥哥叫七仙弟弟叫九仙凯斯命他们掌管宫
　　廷的警戒
他模拟了野怪进攻的路线彻底把自己封锁在幻想的世界
以为这样就能给凯文托娃人类一样的生死劫
阿卡流斯不忍兄长这样麻痹自己况且
这样的行为很无用怪物本应该团结
他很清楚兄弟们有母亲野怪的血统这样做会遭到狼人与人
　　类的轻蔑
再说怪物已与两个种族为敌再爆发内战会消耗父亲创下的
　　基业
而且
两位将军也挽救过怪物的命运不至于被毁灭
若说毁灭
宫廷绝做不到把野怪毁灭
父亲在世时常用自己败给母亲的例子来警告孩子们不可把

野怪轻蔑
于是在与阿格里斯商量之后二怪大胆来到荒野
说出了想要代表宫廷去拜访野怪求得和解
没想到凯斯的反应异常激烈
以轻视宫廷将阿卡流斯与阿格里斯流放下野
并建立了人间留守府和怪物祭祀让他们亲自去完成剿灭野
　　怪的大业
这令阿卡流斯与阿格里斯很不理解
他们只能拖延进攻野怪的时日以此弥补凯斯犯下的罪孽

长诗：怪物
（2014）

第十七章　人间留守府和怪物祭祀的组成

人类往怪物的饮水中放了变成狼人的药剂残留

使怪物判处官卡斯特服把同类当成怪物死囚

他以为杀死了狼人砍下他们的头怪物显出原形这事使整个种族蒙羞

卡斯特服被判了死刑阿卡流斯将他救出他十分感恩夜夜向诸神祈求

因为阿卡流斯他当上了人间留守府的首领这职位把他挽救

完赛飞尔德是小王手下专管杀人的刽子手他做的事更荒谬

就是他执行了卡斯特服的判处命令也因他时常饮酒

阿卡流斯利用他的这一嗜好把他挽救

他被安排在怪物祭祀做个首领日子悠闲于是他仍每天饮酒

阿幽克拉是神探因查凯斯被放逐

克司里由斯是怪物私生子这是他下放的理由

但是凯斯开恩仍保留了他贵族的头衔莫须有的罪也不予追究

卡卡斯特朗、醒司、多嘴都是怪物死囚

被阿卡流斯要来一起打击野怪原先犯的罪也不予追究

拉卡斯与拉特斯是少有的被宫廷抓到的野怪也被阿卡流斯

挽救

阿文莱特尔是阿卡流斯的妻子她与丈夫一起在人间厮守长
久
正是由于他们拖延了宫廷怪与野怪的内战把整个种族挽救

长诗：怪物
（2014）

第十八章　捡回的人类

这里该说说我

怎么就卷进了怪物的风波

这让我想起了相遇梦由托哥的山坡

本来那天我不想进森林只想躺在自己的被窝

谁知那天的决定让我走进了怪物的生活

让我这失意的一生在怪物的港口停泊

就如同夕阳在天际的一抹

就带来一位远古的佛

我画蝴蝶他们总是乱飞像些小恶魔

于是我要杀了它们做成标本这样更好观摩

一只手就在这时抓起了我

把我变得比蝴蝶还要脆弱

之后我看到一只硕大的眼睛闪烁

昏迷再醒来已在梦由托哥的木屋中横卧

这种落寞

后来反倒让我在怪物中大权在握

这经历真惊心动魄

第十九章　对人类的好奇

等我醒来后我发现了长相奇怪的家伙有一堆
他们瞪着好奇的眼睛对我偷窥
拉司克瞪着四只眼睛好像在示威
口中含着半块羊头那头上的毛还没煺
他惊慌地跑开晃动着长毛的腿
我环视了一下这间硕大的木屋还真雄伟
被喊来的是个猫形生物他瞪着猫眼张着猫嘴
这时梦由托哥进来一脸的阴晦
"托哥小王他真的要杀死你养的蝴蝶和花卉"
拉司克说的这话让我有些羞愧
"人类就是这么自大以为自己什么都对
对他们不熟知的生命都表现得无所谓
你先在这住下我要通知兄长开个会
斯科，拉司克你们看好他我们会给他定罪"
说完后梦由托哥带着我的命运走出木屋木屋中真是蓬荜生
　辉
我默默闭上眼等待裁决视死如归
以后人们会把我追随

他们会知道我被一个新种族撕碎
只因为我要杀死蝴蝶和花卉
后来我知道他们这么警觉人类是因为种族险些被人类摧毁
所有怪物都清楚人类除了他们自己对什么都可以无所谓

第二十章　审判

我被梦由托哥带到一个森林的尽头
走进了宫廷的阁楼
首先看到的是三个怪物我推测他们就是怪物的头
坐在阁楼中央的就是凯斯他有三个眼眸
漂亮的胡须黄色的脸颊闪着哀愁
梦由托哥首先表达了他的未雨绸缪
四个王在一起商量好像在给我的命运使阴谋
不一会就定下了结论把我当作怪物世界里的污垢
凯斯一声怒吼
我被穿铠甲的怪物压入铁牢成为怪物的敌寇
或许他们看我长得还算忠厚
才给应该施极刑的我打了折扣
我被关进死牢但我知道这不是我命运的诅咒
我这可不是不知天高地厚
因为我知道一个秘密是拉司克不小心泄露
怪物在打内战对内的消耗我早就看透
人类对内战比任何种族都有更深的感受
所以我盼望着释放的时候

长诗：怪物
（2014）

第二十一章　释放

在牢中过得像狗一样生活蹉跎

日子也变得得过且过

有一天一个女怪拿着钥匙打开了牢门她说是受了梦由托哥
的委托

于是我在被囚禁了一百七十天时被免去了罪过

我被带进了一个密室我大致看了一下周围发现在角落

坐着一个红脸长鼻子的家伙

女怪和他拥抱并介绍了我

"这就是阿芒先生他可以免去我们的灾祸"

后来我知道释放我的是王后凯文托娃她的身份使事情办得
稳妥

她用她的权力在释放我的文件上盖了戳

怪物们都崇敬她她要放的人他们自然不容分说

"但这事或许会弄巧成拙"

大鼻子抱着凯文托娃紧张地说

"为了你为了怪物我愿意冒险这毕竟是我惹的祸"

凯文托娃柔情又带有愧疚地说

"哦，阿芒先生这是巨鼻野怪派他与我们联络"

我握了下巨鼻先生赤红的手说
"我可以终止内战"说这话时我有些哆嗦
这时又进来一个怪他显得很笨拙
他似乎听到我说的话把黑色单框眼镜往上推了一下说
"真的可以吗？"他表情激动眉头紧锁
"这位是外王阿卡流斯专管捉拿野怪这工作使他堕落"
在商量的过程中我知道该怎么去说服凯斯并做了许诺
梦由托哥走进来他答应带我再进宫廷去把凯斯劝说

第二十二章　人类促成的和平

于是我与小王外王王后结成一个盟邦

但凯斯身旁

还有傲酷拉尔革和丞相

这个固执的君王

早就有了自己的主张

要说服他就有可能被他剁成肉酱

在小王外王和王后的陪伴下我走入宫廷看到凯斯散发庄严的光

心中不由有些慌

凯斯大王

赐给阿卡流斯一个座位在梦由托哥身旁

我还没来得及开口表明思想

一个严肃的怪冲了进来神情端庄

他指着凯斯放肆异常

梦由托哥在我耳边说这是督王首领有他帮忙

也许事情会更周详

督王首领拉塔雷特爱尔斯开始不那么顾及端庄

指着凯斯大声嚷嚷

"凯斯你这鼠目寸光

早该罢免你这个糊涂的君王"

他冲上前想要把凯斯打伤

这时一个身影迅速闪现将他阻挡

一只手已抓瞎拉塔雷特爱尔斯的一只眼睛打消了他的慷慨
　　激昂

他的右眼被握在七仙的手中还闪着光芒

这时我看到拉塔那被鲜血浸红的半边脸庞

逐渐就恢复成原来的模样

那只被抓瞎的右眼没再生长

拉塔虽只剩下一只眼睛却更令其他怪物恐慌

阿卡维卡这位督督王首领将拉塔拉走有些感伤

这时大家都把劝服凯斯的最后希望

放在了我这个人类身上

我上前一步表达了我的思想

"凯斯大王

您若一定要置野怪于死地会很迷茫

野怪已发展到很多且武力非常

打不过不说还会折损您的大将"

"住口"凯斯粗暴地打断了我的主张

这人类公然蔑视本王

"来呀！拉出去剁成肉酱！"

这当口凯文托娃突然站起身来挡住冲上来的怪物小将

"大王

不如听完我觉得阿芒

真的是为了怪物的前途着想"

凯斯平静了一些摸着胡须一挥手撤掉了冲上来的怪物小将

我得以继续表达自己的思想

"况且现在与狼人还在交战无力分心与野怪剑拔弩张

这样的结果会使怪物受到创伤

这时狼人进攻怪物岂不是更加慌张

恕我直言有可能全部灭亡

我的大王

到那时要报您父母的仇恨不就变成奢望?"

凯斯看了眼丞相梦斯特他正在与傲酷拉尔革商量

梦由托哥终于放松下来他点燃一支烟表情坦荡

并向我偷偷伸出大拇指表示赞扬

"大王

不如讲和吧,这人类说的有关怪物的生死存亡"

傲酷拉尔革说这话时摸着胡须神情忧伤

梦斯特这个丞相

也点头表示只能这样

"好!招安野怪谁愿与阿芒先生同往?"

"我愿往!"

阿卡流斯抱拳站起眼神倔强

于是我们开始准备造访野怪促进了怪物们和平的愿望

二十三章　拜访野怪

为了保证我拜访野怪可以平安

凯文托娃在密室中又安排了一次我与巨鼻的会面

这个红脸长鼻子的家伙十分和善

并保证一定会帮助我让这事情有个好的开端

事情在进行所有准备都按部就班

阿卡流斯也做好准备与"敌人"见面

正准备出发之时凯斯突然到来或许这事与怪物的生死息息
　　相关

凯斯见到巨鼻表现得很乐观

他们之间存在着太多离合悲欢

毕竟凯斯在整个怪物中还稳坐江山

巨鼻也没觉得与大王见面有什么高攀

"我的将军，原谅我的贪婪

竟为了美色把你摧残

请你收下我这迟来的道歉

与野怪讲和我早已是望眼欲穿

阿芒先生昨天在朝中卸下了我全部的负担

也让我看清了这其实不关乎王室的尊严

其实不过是有损了我自己的脸面"
凯斯突然向我鞠了一躬神情坦然
"拜托了,阿芒先生希望你能使宫廷与野怪的关系重圆"
之后他退出密室消失在夜晚
巨鼻先生鼻子一酸
几滴泪水在脸上浮泛
"我们现在就出发!"他坚定非凡
于是趁着夜色我们进入野怪的领地我平生第一次感觉月光
  这般灿烂
进入野怪的领地首先映入眼帘的是山川
之后就看到一个长着黄色长胡须长眉毛紫色脸庞的怪物他
  气宇非凡
巨鼻先生介绍"这就是野怪首领长眉长老"他的眼神像宇
  宙一般
宽广而浩瀚
他的身边
是一个在该长眼睛的地方长着嘴的怪物让我看了有些提心
  吊胆
巨鼻介绍"这是副首领他虽外表长得不那么中看
却有个可爱的名字叫'嘴嘴'"光从外表看确实有些贪婪
接着是个绿脸断牙的怪物据说他武力非凡
断掉的牙就足以证明他在战斗中的强悍
还有双面、三眼和脖眼
都是新加入的野怪包括站在最后的红脸

说明来意后野怪们个个像吃了灵丹

个个都有惊奇与怀疑在眼中闪现

"凯斯要把我们招安？"

嘴嘴脸上的三张嘴同时张开心中有很庞大的负担

阿卡流斯第一次沉默非凡

长鼻先生出来打圆场"我保证大家的安全

阿芒先生是人类，我们不要怀疑他的和善

大家有什么疑问可以讲出来不要优柔寡断"

"我们要自由，要自己统领自己这样我们才不会反叛

要长眉长老继续领导我们这样我们才接受招安"

长脖望着远方说"我们得当机立断

长老不要再犹豫了错过机会就会步履艰难"

太阳已升起马上又要落山

夕阳使这次拜访就要耗完

巨嘴和长眼

也开始催促长眉早做决断

最后还是蓝眉这位野怪首领夫人把话说完

"长眉还是早作打算

你手里攥着野怪很多年的心愿"

最终长眉同意招安

这次拜访总算以完美收官

长诗：怪物
（2014）

第二十四章　外派九怪

为表达受招的真诚长眉给宫廷派了一股小军

与我和阿卡流斯回宫廷希望能为凯斯耕耘

一共九个怪物他们却让我有些担心因为他们实在不怎么英俊

也不像特别受过训

巨鼻说"可不要小看他们他们个个叱咤风云"

我与阿卡流斯也幸运能提前目睹他们的神韵

鼻嘴是九怪的首领他鹤立鸡群

外表却不中看但武力风卷残云

被阿卡流斯留在身边凯斯应允

剩下八怪三鼻，双嘴，缝和补留在凯斯那里受训

缝鼻，缝嘴，眼和耳留在小王身边他们觉得没在凯斯身边很幸运

凯斯大喜答应野怪由长眉继续管理他不再过多问询

废了人间留守府和怪物祭祀让阿卡流斯带众怪重归宫廷怪物们成群

欢迎阿卡流斯与阿格里斯他们也拥有了一只属于自己的大军

长眉发布号令广招野怪为整个怪物效力抵抗狼人的进军
正是由于这外派九怪的忠诚搜寻
宫廷才躲过了莱卡翁派来的一波又一波暗杀大军
他们也奠定了怪物们和平的命运

第二十五章　野怪十二杰

提起野怪十二杰还要提到人类犯的错误

有次爱德熊将军奉命偷袭怪物

不小心闯进了野怪的领地因此很快就暴露

长脖报警长眉长老带着手下正要前去与狼人进行一场杀戮

结果赶到时发现遍地都是人类的尸骨

这次是有预谋有几千不纯血统的狼人大军偷袭成功宫廷必定受苦

但他们却搞错了方向没能完成任务

爱德熊将军也失去了一只胳膊被莱卡翁惩处

他们遇到来投奔野怪的怪物

他们只有十二个家伙却杀得爱德熊如此惨痛

后来药水失效他们变回人形战争才宣告结束

他们只剩下不到一百人他们十分不服

爱德熊了解宫廷的怪物

他们武力都不那么强大对他来说基本算是废物

所以他分析应该是闯入了传说中野怪的地盘才会是这种归宿

后来这十二个怪物

被人类牢牢记住

被他们称为野怪十二杰由于他们觉得这十二个家伙武力杰出

十二怪知道长眉在广招野怪的高手抵抗狼人他们决定投奔刚好上路

其实他们是到达野怪地盘才一起继续赶路

原本他们是四毛和八头却因这次意外被同时招募

四毛是四兄弟为首的大哥叫多毛他喜欢吃素

橙色的头发覆盖着蓝色的脸显得十分威武

老二是秃毛紫色的胡须黄色的脸他的秃头特别突兀

老三是中毛红色的胡须绿色的脸长相不俗

老四是俊毛与大哥一样橙色的头发胡须蓝色的脸胡子往上翘很酷

他们四怪不仅练就一身功夫

而且十分狠毒

投奔长眉想帮助怪物

八头都是秃子他们中有一个怪发生过事故

老二断头曾在山间睡觉被人类把头颅

砍掉，在脖子的根部

又长出个蓝色的头颅

被砍掉的部分总在不停的流血很是恐怖

他喝从脖子被砍的部分流出的血把自己滋补

老三双头像人类连体双胞胎肩膀上长有两个头颅

一个是人的头颅一个是怪物的头颅

长诗：怪物
（2014）

老四半头从一个完整的头中分裂出一个小的头颅

小头颅只分裂出一半所以他不怎么在乎孤独

老五对头一个头上面相反长着一个头颅

老六大头头很大从大头的左上角分裂出只有鼻和嘴的小头
　颅

老七连头有些像双头但他的两个头是一体的他也爱吃素

老八头耳在该长耳朵的地方长着一个小小的头颅

他们中的老大最为英勇也很世故

肩膀上扛着三个头颅

他一个怪解决了一千多狼人令众怪佩服

他们把爱德熊将军的手臂当做献给长眉长老的礼物

从此十二杰不仅成为人类与狼人的耻辱

也成为怪物的主力使众怪羡慕

莱卡翁因为怪物有这么强大的成员心生嫉妒

导致他恼羞成怒

于是他又开始重新部署

准备向怪物猛扑

第二十六章　逍遥五怪

逍遥五怪在怪物中

地位无足轻重

但他们与我关系最好总使我感到轻松

我时常与他们一起讨论对自己也是一种补充

他们是怪物中唯一的文职总被怪物们嘲弄

他们的地位虽然低但十分有用

他们五怪对各种知识都融会贯通

琴怪抚得一首好琴可以在众怪饮酒时助兴琴风绝不平庸

棋怪精通各种棋尤其围棋很是神通

我最喜欢的是书怪因为他藏书万种

还有画怪一笔山水气势如虹

他为宫廷贵族画像各种画风都十分精通

五怪中与我最聊得来的是诗怪因为我喜欢读诗他吟起诗来
　　尤其朦胧

可别小看他们只会搞这些高雅的无用功

正是这五怪的知识才使怪物对人类了解从而可以与他们很
　　好地沟通

第二十七章　可怕十怪

在十二杰立功不久狼人被十个怪围困

莱卡翁与狼人首次被怪物磨损

爱德熊将军也在杀场上沉沦

他的大将们被杀得没有了残存

这第一支进攻狼人的怪物挫杀了狼人的自尊

也迫使莱卡翁只得藏进深山整个狼人种族都丢了魂

十个怪物被狼人和人类称为可怕十怪使他们困顿

长牙是十怪的老大他长相奇特看起来很蠢

长舌和长耳是老二和老三他们看起来很混

他们三个的关系温存

老四老五老六总是犯困

老四舌血老五唇血老六齿血他们厮杀起来很损

老七老八老九速度很快厮杀起来容易把他们搞混

老七叫火老八叫眼火老九叫嘴火如同他们的名字像火一样不温顺

老十是兄弟中唯一有头发的他喜欢在厮打的时候往地上一蹲

把欲要逃跑的敌人生吞

由于他们是第一波向狼人发起进攻的怪物手段又损

自然成为怪物中最核心的主力成为抗击狼人的灵魂

第二十八章　进宫廷商议与狼人的战争

人间留守府与怪物祭祀解散以后迎来又一个黄昏
阿卡流斯及全部放逐人间的怪搬进梦由托哥的木屋享受那
　　里的气温
在我的建议下凯斯决定召集众怪讨论
商议抗击狼人的会议修整怪物被狼人打败的历史伤痕
于是我与小王外王一起携众部进宫这让我感到很温存
凯斯邀请了所有野怪态度诚恳
这次进宫能见到很多没见过的怪物他们能见到我也很兴奋
大司马舌眼有无数的眼睛舌头上还有三只看起来有些愚笨
身后跟着司马风眼他没有眼睛只有两个黑黑的眼洞所以他
　　走路靠闻
两个怪物总在一起难解难分
大将军塔雷我早有耳闻
这次见面更是被他的胡须所振奋
幽幽奇是副将军他曾被狼人追杀被宫廷解救所以他对宫廷
　　很感恩
救他的正是塔塔口眼秃子他们
这三个怪我也是第一次见塔塔是提辖总表情激愤
口眼口中含着眼睛能看透怪的内心想法他布衣出身
秃子是宫廷中地位最低下的怪连名字都没有他感激小王的

长诗：怪物
（2014）

收留之恩
这次来的怪最不寻常的自然是独行侠翘胡因为他极其凶狠
他的嗜好是豪饮狼人血得到众怪物的首肯
"怪物们到齐了，大会开始"梦斯特宣布用庄严的口吻
"我们对狼人已忍无可忍
我们要组织有系统的攻击让他们了解我们怪物的残忍
长眉长老你的野怪为冲锋军向狼人
发起首次攻击希望能为我众怪开个好头使对狼人的战争十
　　拿九稳"
凯斯发令仍然是那么诚恳
长眉接令表情严肃又兴奋
"阿卡流斯你帅众部留守宫廷为我众怪防守不可
轻视这项任务这有关我众将士生死存亡要四平八稳"
"大王放心"阿卡流斯抱拳表情很狠
"大王"我起身
众怪的目光凝聚在我这个人类身上都很诚恳
"我虽是个人
但我请求大王赐我怪物之身
我愿为众怪上战场杀敌成为有功之臣"
"好！"众怪叫好我这个决定使众怪个个振奋
凯斯大喜把我变成与他们一样的怪封为藩王让我统领怪物
　　兵不血刃
从此我开始了领兵统战的人生为怪物们负起责任
也与自己的同类彻底离分

第二十九章　与爱德熊将军的首战

在与狼人开战的前夜有十一怪来到我的军营里
他们因为没有食物来偷军中的补给
以此来充饥
被十怪抓到送到我的帐里
他们很有武力
但终于抵不过十怪的攻击
"藩王这是非常时期
这些家伙该杀掉以此巩固怪物的军纪"
巨鼻先生这样建议
而我则另有主意
非但没杀他们反而把他们养起
并让他们跟随我参加对爱德熊将军的战役
死罪可免活罪难逃谁叫他们有不好的动机
十一怪全部被挖去一只右眼他们特别感激
为了赎罪他们申请要首先攻击
带上眼罩十一怪冲进了爱德熊的阵地
杀了狼人几万大军腹背受敌
十怪与十二杰赶去增援才保住他们全体

但他们仍受了伤被狼人撕了几层皮

与爱德熊的首战我们虽受了些伤却是胜利

十怪十一怪与十二杰杀死狼人十一万大军大挫爱德熊的势
 力

凯斯听到战报大喜

而莱卡翁才不会输得这么轻易

他又派给爱德熊人类十亿

发誓让怪物这个种族在地球上销声匿迹

第三十章　捉拿爱德熊将军

狼人的集结在一个冬季的夜晚四周都很冰冷

莱卡翁派信使送来一个信封

我亲手打开这战书突然刮起北风

吹起的雪花挡住了最高的山峰

风雪过去后我看到夜晚升起浑圆的月亮月光如此寒冷

几十亿狼人站在山峰上气势威猛

爱德熊一挥手他们便开始冲锋

野怪冲进狼群斩杀敌军如同跳进火坑

这一仗恐怕难以支撑

野怪们奋勇杀敌把高山攀登

狼人想把我们杀光好圆了他们的征服梦

十二杰各个受伤仍然很愣

多毛与三头联手抓住了爱德熊没能让狼人得逞

将军被抓使这群畜生发疯

我鸣金收兵趁乱撤出战争

把爱德熊带回宫廷也算获胜

莱卡翁听说主将被擒仿佛做了噩梦

第二次战斗他将亲自指挥狼人的进攻会更加凶猛

长诗：怪物
（2014）

第三十一章　狼人的进攻

两万狼人趁着夜色进入宫廷想为宫廷立一块墓碑
他们分头行动这些动物没有慈悲
他们想入非非
要把凯斯的头颅割下让怪物们从此自卑
七仙和九仙联手杀死了四千狼人尸体却不翼而飞
九怪杀死了一万六千狼人尸体被抛掷宫外这令狼人羞愧
这次失败彻底激怒了莱卡翁他发起全面攻击夜刚刚擦黑
几亿狼人向着宫廷冲锋真是耀武扬威
我调集全部怪物命他们誓死捍卫
就算今天是怪物的末日我们也要一起面对

第三十二章　天使降临

狼人的进攻很有规律

他们想要先占领宫廷的区域

宫廷的防守十分微弱凯斯又喜欢独居

虽然怪物们有比狼人更高大的身躯

但面对几亿狼人的攻击也会心虚

就在这危难的空隙怪物必须

得到另一个种族的帮助才能痊愈

一道光把黑夜照亮我们看到无数长翅膀的洁白身躯

他们的光照进狼人的身躯

感化他们邪恶的肉体使他们灵魂高于肉体

几亿狼人大部分都变成了人类蹒跚着步履

这样我们杀他们就十分容易如同熊吃鱼

最后人类自知不敌全部跑掉使纯血统的狼人失去了伴侣

莱卡翁被活捉拖着受伤的身躯

被关进铁牢他神情忧郁

怪物们终于把父母的心愿完成个个欢愉

长诗：怪物
（2014）

第三十三章　宴请天使

凯斯与众首领亲自在宫廷摆宴各个笑靥如花

天使们走进宫廷是他们让众怪没有了挣扎

天使中走出她们的首领她说这些年早就想对狼人讨伐

她询问起波特昂让众怪们惊讶

原来她是六兄弟的姑姑涅丝波朗是来帮弟弟脱离挣扎

得知弟弟已被人类杀害她感叹世间竟这样千变万化

弟弟做了什么事情要被这样惩罚

之后她擦去眼泪说"我遇到四个怪他们若能加入会锦上添花

正是他们引我们来到这里我们才又对人间有了牵挂"

于是天使们全部住下

那四个怪物也都加入了我的麾下

他们由一个女怪带领走路时会扬起风沙

这女怪名叫特琳娜

她原是贵族家道中落白手起家

她的贴身护卫是个长着熊头的家伙他喜好屠杀

整齐的尖牙

在嘴的中央悬挂

他叫熊斯原是很低级的怪物后被特琳娜提拔

还有两个怪他们是双胞胎兄弟,他们一胖一瘦神情略显疲
　乏

一个叫特克一个叫特拉

后来在与天使的商量下

我们决定处决爱德熊和莱卡翁谁知这反倒成为怪物与天使
　最庞大

的灾祸,使怪物和天使同时受到上帝的惩罚

长诗：怪物
（2014）

第三十四章　处决狼人首领

涅丝波朗与凯斯坐在怪物们连夜搭起的圣台
莱卡翁与爱德熊在众怪面前显得很矮
天使们拥有宽大的胸怀
她们建议给两个家伙留全尸并且将他们好好掩埋
爱德熊招认他是杀死波特昂与红体的元凶引来众怪的愤慨
凯斯大怒要把他分尸让众天使有些下不来台
我劝众怪要有胸怀
"大王他已显出人形我们若将他分尸胜利也成失败
那我们与残忍的狼人有什么区别我们该把残忍更改
毕竟我们是为了让这个世界不把罪恶依赖"
最后商定将莱卡翁与爱德熊杀死之后掩埋
天使们散发出无尽的怜悯与慈爱
可谁又能想到就是这怜悯和慈爱
竟也会在以后成为怪物与天使莫大的悲哀

第三十五章　送别天使

处决狼人之后狼人这个种族在世上被取消
怪物与天使也算把宙斯给天上地下的任务消耗
大家庆祝很久个个心中骄傲
我们又邂逅了我们的一奶同胞
涅丝波朗找到凯斯接交
她们已完成任务准备回到天国和洛拉丝洛的怀抱
她让凯斯等待消息不久也会回到地狱效劳
众怪与众天使分别的时刻终于来到
涅丝波朗拍拍我的肩膀神秘地笑笑
后来我才明白她其实什么都知道
天使们张开翅膀飞向天际余音袅袅
未来我们开始等待地狱的号召

长诗：怪物
（2014）

第三十六章　加冕与封赏

送走天使后所有的怪都回到宫里

凯斯与我商议

将组织一次庞大的封赏来庆祝胜利

我建议重新封王把有功之怪选出一批

首先设立五个王按功劳给予奖励

我告诉凯斯今天正好是人类的除夕

封赏之后该帮助他们重新把荒废的家园建起

不要因为他们与狼人合作就使他们卑躬屈膝

他们也并不像怪物们想的那么卑鄙

凯斯看到我为怪物们立下的功绩

相信人类只是被狼人的势力蒙蔽

加冕与封赏的日期

定下来，这事令怪物们着迷

野怪们也穿上了华美的外衣

不再赤身裸体

用树枝和叶子遮蔽他们裸露的生殖器

首先由众怪选出五位王他们将一同建起

全新的怪物机体

我建议
首先从宫廷选出两位王使怪物们把波特昂铭记
凯斯被推举成南王这不容置疑
虽然他并未立下什么功绩
封为终结死亡者怪物们都很满意
野怪首领长眉为北王
以此表彰他为怪物们立下的战绩
封为终结无敌怪野怪们终于与宫廷怪平级
阿卡流斯避免了怪物内战他严格控制了留守府和怪物祭祀
被推举为西王改变了他命运的游移
封为怪物判处怪他的手下也一起进入王室
可怕十怪第一个对狼人发起攻击
十怪中的长牙被推举成东王无怪可与他比拟
封为终结全能暗杀者他第一次面露欢喜
东西南北各一个王使众怪满意
只差一个中王令他们分外着急
谁也不敢坐此位统领众怪迁徙
众怪商量了三天也没拿出个主意
四个王商议
由大家公平推举但谁也沉不住气
最后由于我促成了怪物的和平又带领怪物发起对狼人的战
　　役
他们推举我为中王给了我莫大的权力
封为终结统领者终结潜伏者

长诗：怪物
（2014）

就当我地位在怪物中飙升时特琳娜也成为了我的妻子
这双喜令怪物们有些忘乎所以
熊斯成为特琳娜的嫁妆我们举行了婚礼
谁知这竟成了怪物们最后的欢喜
封赏仍在继续怪物们个个得意
从宫廷开始封职这是宫廷怪的福气
梦由托哥为南小王因他带我进入了怪物的领地
封为终结杀人狂众怪称赞不已
梦由托司为南小王爷地位与梦由托哥平级
封为终结鬼刀手全凭他血统的关系
傲酷拉尔革封为南王爷因为凯斯是他的弟弟
封为终结鬼杀手这也不叫怪们非议
凯文托娃为南王后因为她还是凯斯的妻子
封为终结勾引者是凯斯对她的背叛给予的"奖励"
梦斯特为南王丞相他对凯斯向来死心塌地
封为终结侦察者因他发现了狼人要进攻宫廷的动机
雷死为护南丞相守卫这倒是合理
封为人鬼杀手继续为梦斯特效力
塔雷为南王大将军他也有将军的架子
封为终结屠宰者为杀戮界的首席
幽幽奇为南小王将军他跟随梦由托哥立了些功绩
封为终结梦魂者实属不易
七仙为暗护南王卫士他显身摸着胡子
封为终结捍卫者继续为凯斯效力

九仙为暗护南小王卫士合情合理

封为终结保护者继续为梦由托哥效力

舌眼为南王大司马他经常为凯斯出谋划策化险为夷

封为吓人王因他长相在怪物中都算奇异

风眼为南王司马掌管祭祀的权力

封为搏魂者因他了解一些灵异

拉塔雷特爱尔斯

虽然得罪过凯斯

但也得到了封赏他分外感激

为南王督王首领官复原职

封为终结审判者他和七仙也成为了兄弟

督督王首领阿卡维卡赞叹不已

他为南王督督王首领仍和拉塔是监督关系

封为终结裁决者监督拉塔他对拉塔充满情谊

拉司克为南小王司空地位不高也不算很低

封为食心者他可以吃任何种族的心脏他有些沾沾自喜

塔塔为南小王提辖地位比拉司克低

封为梦追刀手因他有一些武力

口眼为南小王司徒官位也还如意

封为测谎者因他口中的眼不仅能放激光还能查看怪的心里

斯科为南小王猫王首领专管看护南小王养的动物群体

封为潜入者他可以变成猫查看外敌

秃子为南小王守护者地位很低

封为食人兽人类要是不老实就送到他的嘴里

长诗：怪物
（2014）

宫廷怪各有了地位与职能怪们没有异议

再封赏别的怪就变得很容易

翘胡是独行侠不属于任何王的管辖他的封赏成了难题

引起了怪物们的诸多非议

最后还是我出面平息

为怪物子爵也算肯定了他的能力

封为嗜血者众怪都同意

也都知道他有嗜喝狼血这一令怪称赞的怪癖

特琳娜带来的那对孪生兄弟

被我收为护卫他们很是得意

俩怪都为护中王卫士

特拉封为终结无敌捍卫者他不善言辞

特克封为终结无敌保卫者他却喜欢大放厥词

特琳娜为中王后

谁也不敢怀疑她嫁给我的动机

但我知道不过对我来说这不值一提

只要她对我死心塌地

我也就对别的怪对我的劝说嗤之以鼻

况且她也可以让我欲望顿起

她皮肤白皙

除了尖牙与人类的女人并无多大差异

熊斯是她的嫁妆凭着这关系

也让别的怪望尘莫及

为暗护中王卫士由于我的封赏他对我不再采取什么禁忌

封为终结屠杀者希望他可以创造些奇迹

后来与我一起到人间的也只有他与别的怪相比

他忠诚无比

四怪的封赏也不容易

他们与八怪一样地位职能平级

由于他们原来都属于野怪自然归长眉长老这不容置疑

多毛为北王突击队队长他神勇无敌

封为终结多毛怪给四怪造了很大的声势

秃毛为北王突击队副队长他善于声东击西

封为终结秃毛怪他对这封赏十分重视

中毛和俊毛都为北王突击队队员很给长眉提气

中毛封为终结中毛怪俊毛封为终结俊毛怪他们都很讲情义

五怪的封赏最值得一提

因为他们是怪物中唯一一批文职

对于他们的封赏怪物们经常谈及

诗怪为南王诗者他们属于宫廷所以自然属于凯斯

封为终结诗怪他善于写些宫廷的诗辞

琴怪为南王琴者因他抚琴优美名震当时

所有怪物都为他的琴声着迷

封为终结琴怪他很是得意

棋怪为南王棋者他时常陪众王室下棋

封为终结棋怪也督促他要增长下棋的技艺

书怪为南王书者与我交往过密

封为终结书怪这也很合理

长诗：怪物
（2014）

他也为众怪了解人类提供资料立下功绩

画怪为南王画者与我也有很好的关系

封为终结画怪也令众怪欣喜

五怪的封赏开始其实备受争议

但这些争议终于被五个王平息

他们怀着感恩的心情告诉我了一个秘密

说诗怪与宙斯的儿子关系紧密

后来宙斯的儿子也给了我这一圣职

这在我看来甚至比

中王及两个封赏的职能对我更有意义

不过它使我回到人间受到大多数人类的排挤

蓝眉原属于红体的亲戚

爱上长眉却因为丑陋而被长眉看不起

她一怒冲到长眉的面前想炫耀一下武力

果然巨鼻巨嘴长脖长眼都不敌

嘴嘴断牙冲上去也没占到便宜

最后她与长眉大战七天七夜也没分出个高低

这事曾轰动整个野怪群体也让长眉对她心生爱意

为北王后她的确凭的是自己的实力

封为终结无敌女怪令众怪想起来就不寒而栗

巨鼻先生不再渴望凯文托娃的肉体

人家已成南王后地位比他高级

他一心一意辅佐北王心存感激

为北王传信侯地位也不算低

封为终结传信使全因他曾为野怪与宫廷联系

巨嘴为北王觅食怪专管寻觅外敌

把他们变成食物送到怪物们的嘴里

封为终结吞怪王专管那些有背叛怪物倾向的兵士

他与口眼合作使上至王室下至没名的怪物兵士

都不敢对怪物种族有任何背叛之意

长眼为北王偷窥者专管监视

封为终结偷望者他为整个种族的安全卖力

长脖也有很大的功绩

为怪物们避免了许多危机

为北王守望者他与长眼一起

守卫着整个种族的安危令众怪最为得意

封为终结守望怪也顺应了民意

嘴嘴为北小王他手下也分到了许多兵士

封为终结吃怪王比巨嘴更加高级

断牙是北王手下唯一的战士

为北王战士

封为终结战神他也成了怪物中唯一有神号的勇士

三眼为北王检查者地位在北王手下里算很低

封为终结检查怪也算他战时的功绩

脖眼为北王伪装者他很守职司

封为终结伪装怪他总表现仁慈

红脸为北王杀手他与断牙有相同的武力

封为终结杀手因他挫伤过一小股来偷袭的狼人的势力

长诗：怪物
（2014）

双面为北王杀怪者掌管怪物的生死

封为终结杀怪王有生杀不守规矩的怪物的权力

三嘴为北王咬怪者掌管惩处怪物的权力

封为终结咬怪王他总是十分神气

八头的封赏也不容易

因他们与四毛一样为怪物立下功绩

三头为北王敢死队队长全因他的武力

封为终结掠夺者这也是天意

断头为北王敢死队副队长因他有视死如归的勇气

封为终结复活怪这也为了使他出的事故被怪物们铭记

剩下六怪都为北王敢死队队员他们都很如意

双头封为终结替死怪因为他有两个头不很容易被杀死

半头封为终结分裂怪地位不低

对头封为终结怪胎他很是顽皮

连头封为终结剑士

大头封为终结刀客因他俩都擅用兵器

头耳封为终结听怪王他与三嘴一样神气

外派九怪的封赏很有意思

由于他们在南王，南小王，西王，那里都有效力

鼻嘴为外派护西王卫士他很有气势

封为终结品尝怪因他很无私

总愿意为西王品尝日常饮食

三鼻为外派护南王卫队队长因他总能分清主次

封为终结警觉怪因他总能把警觉保持

双嘴，缝，补为外派护南王卫队队员他们外表仁慈
双嘴封为终结品味怪专管凯斯的饮食
缝封为终结缝补怪专管修理南宫的布衣
补封为终结缝合怪专管修理伤员和南宫的陶瓷
缝鼻为外派护南小王卫队队长他把狼人的行动延迟
封为终结鞭打怪专管抽打不听话的怪物兵士
缝嘴，眼，耳都为外派护南小王卫队队员他们都很守时
缝嘴封为终结保密怪保守着整个怪物的秘密
耳封为终结倾听怪专管偷听外敌的怪异
眼封为终结察访怪专管南小王宫中的巡视
十怪的封赏很是庞大因为他们都是王室
长耳封为终结监听灵魂怪因他长耳朵的潜质
长舌封为终结灵魂吸食怪因为他舌头很强势
舌血封为终结灵魂舔食怪他舌头对万物致死
唇血封为终结灵魂亲吻怪他一吻使万物无力
齿血封为终结灵魂咀嚼怪他为长牙品尝死尸
嘴火封为终结灵魂吞烧怪因此他总面红耳赤
眼火封为终结灵魂注视怪因此他总怒目而视
火封为终结灵魂烤炙怪他时常可以代替烈日
小眼封为终结灵魂钻入者他把万物的心腐蚀
他们都为东小王也是王室中小王最多的宫廷因此他们很得
 意
十怪封赏结束后曾偷我军营里的饭食
被我挖去一只眼睛的十一怪已为我效力

对他们的封赏既无地位也无职能这令众怪服气

我为他们亲自取了名字

皆封为中王卫士

老大叫姆特尔独眼罩上刺上M字

老二叫欧文尔独眼罩上刺上O字

老三叫恩特尔独眼罩上刺上N字

老四叫萨达尔独眼罩上刺上S字

老五叫塔木尔独眼罩上刺上T字

老六叫伊维尔独眼罩上刺上E字

老七叫阿萨尔独眼罩上刺上R字

老八叫凯特尔独眼罩上刺上K字

老九叫艾维尔独眼罩上刺上I字

老十叫恩斯尔独眼罩上刺上N字

十一叫基德尔独眼罩上刺上G字

字母拼写起来为怪物王使我很是欣喜

最后封赏的王室是西王室

阿格里斯为西小王封为终结迷惑怪使他满意

阿文莱特尔为西王后封为终结战斗女怪她成为了真正的女
  怪战士

完赛飞尔德为西王左将军封为终结左将是他的功绩

卡斯特服为西王右将军封为终结右将他很有见识

阿幽克拉为西王大谋士封为终结谋士

克斯里由斯为西王伯爵封为终结伯爵他本就是贵族现在又
  重归王室

卡卡斯特朗为西王捕人者封为终结善杀手他总笑着把人从
　　活送到死
醒司为西王潜伏者封为终结缝合者他很惊奇
多嘴为西王刽子手封为终结鬼刀手官复原职
拉卡斯为西王抓捕处决总管封为终结灵异追踪者他很满意
拉克斯为西王守卫封为终结护西王卫士
全部封赏结束大家各自回宫等待撒旦的号召都觉得生命充
　　满意义

长诗：怪物
（2014）

第三十七章　上帝降临

众王在等候地狱的号召的时候开始研究
以什么礼数迎接撒旦不使怪物蒙羞
这时怪物小将来报说林间立起一座山丘
阻断了怪物们饮水的主干河流
我带十一怪前去查看这颗毒瘤
发现山丘上坐着一位有胡子的老头
询问了许久
他不发一言面无怯色胡须好似垂柳
"我众怪久居森林等待地狱的号召现已小有成就
击退狼人把人类拯救
你是什么人穿着分外考究
又变出个山丘
断了我们饮水的河流"
我质问老者又
命阿萨尔去通知剩下四王自己在老者前停留
四王携众怪共九十八位将士到此个个表情央求
老者终于开口
"狼人是你们消灭的一个也没留

他们是我创造的我就是上帝这真荒谬
你们杀了他们难辞其咎
先断了你们的水源是第一步你们使我在宙斯面前蒙羞
神对我一向不服不惩罚有他们血统的后代我决不罢休"
说完他消失了众怪都知道这世上再无处供我们停留
于是做好准备成为上帝的阶下囚
而我则又想出了一个办法把怪物种族挽救

第三十八章　真相

我带领众怪在山丘边打造了一条鸿沟

把水源引入这条鸿沟

使众怪既能饮水又能煮粥

我命令众怪开始种蘑菇不久就喜得丰收

我定下严格的规定不许他们食肉

别说人肉就是动物的肉也不行众怪们开始担忧

四个王也都求我开恩不要锁紧他们食肉的咽喉

"要想得到上天的宽恕抵消上帝的复仇

就不能为这点小事哀愁

我们杀气太重是获罪的缘由

不但要自己克制还要命令部下个个记熟

我这并非纸上谈兵在胡诌

我们还要帮助人类使他们在人间停留

他们也很无辜并不像狼人那般下流

这样怪物种族才能获得挽救

使大家活命的时间长久"

我说完就开始把蘑菇放进锅中准备食用并不担忧

众怪会为了吃食的分歧对我不服另立山头

吃完蘑菇喝完粥
我们来到人类的地盘不怕他们再使什么阴谋
梦由托哥替他们扛起木头
众怪们也都开始动手
三年的时间为他们重建了自己的家园使他们不再有恨我们
　　的理由
比起狼人我们更像朋友
虽然我们外表有些丑陋
战争中表现得十分好斗
在与人类成为朋友以后
我准备长留人间与自己原先的种族一起承受
生活的变故与命运的阴谋
有天大家正在劳作抵挡马上要到来的寒冷气候
宙斯突然下凡那天刚好是立秋
他告诉了我们一个真相并推平了上帝设的山丘
"上帝一直与我争夺统治权他与撒旦联手
这堕落天使熟悉嫉妒擅长使用淫荡的阴谋
上帝派莱卡翁在人间使我蒙羞
洛拉丝洛是上帝从神中要过去的其实就是人质虽然她外表
　　温柔
但仍然接受了我的任务秘密在天国潜伏揭露上帝的阴谋
我的哥哥冥神哈德斯也在与撒旦作斗争你们这样帮助人类
　　很牛
但是你们有神的血统难以被上帝与撒旦遗漏

长诗：怪物
（2014）

正是我与哈德斯安排狄更与洛拉丝洛厮守

创造出天使与怪物给人间留下神的后

要想拯救你们爷爷奶奶和父母就要把一切看透

天使很快会被放逐人间诸神会把你们护佑

上帝并不甘心狼人的失败他正命撒旦巡狩

撒旦已经找到一个新的种族也是一群野兽

虽然没有狼人凶残但是很会把武器使用数量也足够

听说羊人这物种已被接收

他们也准备对人类下手

如果说上帝在残忍方面还有保留

撒旦则不同他把残忍当成才优

你们好自为之准备战斗

如果失败我将失去勇敢的女神哈德斯将失去恶魔他们会被
　　割去咽喉

人类也将被狼人和羊人统筹"

说完宙斯消失在天空天地悠悠

我命众怪做好战斗的准备还要把人类护佑

随时迎接天使一起投入更残酷的战斗

第三十九章　天使被放逐人间

涅丝波朗携众天使回到天堂谋求平安
却得到上帝的怠慢
涅丝波朗不解找母亲询问何故受这样的责难
洛拉丝洛只好把上帝的阴谋揭穿
涅丝波朗虽外表和善
性格却十分强悍
她只身去与上帝理论以为这理所当然
岂料上帝的阴谋被戳穿
使他丧失了脸面
他把众天使定罪罪名是把他冒犯
恐留在天堂会谋反
于是将众天使放逐人间
涅丝波朗虽然心有不甘
但终究抵不过上帝的浩瀚
洛拉丝洛挽着女儿的手坚定非凡
　"到人间以后找到你弟弟的后代准备重新开战
只要战胜了撒旦
我们的家族必能在天堂与地狱平安

你到了怪物那边
一定要帮助他们达到峰巅
你弟弟弟妹能否复活全靠这最后的一战"
洛拉丝洛说完
眼中有泪花闪现
涅丝波朗不忍母亲伤悲决心为母亲分担
她携众天使飞离天堂来到人间
与众怪会面
开始训练各自的部下誓死要赢得这场与撒旦的大战

第四十章　羊人在人间受命

羊人这个种族

有更多的血脉偏向动物

他们有几千万的纯血统他们总是把纯洁的情感亵渎

对于武器他们也有深入的研究诸如

火药，这源于东方国度的产物

在他们手里发挥自如

他们在人间受命决定先潜伏

没有对人类下手也没来争夺人类的领土

他们专心研究武器也不急着与我们有冲突

这样我们与天使的日子过得就相对舒服

除了各自训练自己的队伍

我们还一起过日子把人类帮助

我们都很清楚

接下来的战斗会十分残酷

由于我们与天使的合力帮扶

人类渐渐从狼人的侵略中恢复

我们的关系也慢慢缓和彼此相熟

但就在这时羊人悄悄地做了一件事情把我们逼上了绝路

第四十一章　劝说天使

天使长涅丝波朗最近有些迷茫

宙斯给她的任务使她慌张

命令她增大天使种族的数量

天使中大部分都是女性她们虽外表开朗

但内心保守对男欢女爱并不思量

况且为了保持血统的干净涅丝波朗

不允许天使产生欲望

她对于神的事情比怪物了解的更详

知道阿波罗因对丘比特的鄙视所受的伤

她称丘比特为小恶魔命天使们见到他就要躲藏

以免被爱之箭射中使内心受伤

她视爱情为放荡

反感非常

因为亲自看到母亲的悲怆

她把一切都怪罪给爱情认为爱是人间的肮脏

对于人间说的红颜祸水她觉得也是由于人类的女子把身体
　　开放

虽然天使们高贵又端庄

但她们已被上帝下放

要想增大种族的数量

也只能学人类一样

靠最原始的方式没有更好的办法宙斯的命令谁敢违抗

固执的涅丝波朗

一直以处女之身为高尚

怪物们不忍涅丝波朗

反抗伟大的宙斯怕她会像莱卡翁一样

于是与我商量

希望我能说服天使这也是为将来的大战着想

于是我身着华服踏入天使的厅堂

准备像当年与凯斯交涉一样

与涅丝波朗展开一场口舌的较量

"尊敬的天使长——"

我这样称呼涅丝波朗

"听闻您想反抗

伟大的宙斯，把他下的命令视作荒唐？

我们都很担心我们一奶所生又幸运地一起成长

恕我直言，神的主张

是为你我两个种族的命运着想"

"中王陛下，众所周知人类淫荡

他们把可耻的行为冠以爱情实属荒唐

我不管你们的种族怎样

我绝不会使我的种族因为数量

长诗：怪物
（2014）

出现欲望

人类的祖先夏娃和亚当

偷尝禁果被上帝流放

虽然我的种族也被赶下天堂

但我们的纯洁令人神共赏

我身为种族的首领怎么能这般荒唐

即使受到宙斯的惩罚我也不会迷茫

就像母亲与父亲分离后一样

若不是他们产生爱情我们怎么会出生又知道这么多痛苦的
    真相

中王陛下，你曾是人也卷入这场战争还私自封王

你会受到很残忍的惩罚上帝早有主张

还是先准备好保护自己的种族吧以后的战斗没有希望

胜利与失败的结果一样"

"天使长

我们不怕死亡

我们怕被遗忘！"

"被遗忘？！"

涅丝波朗神情慌张

"我们挽救了人类还会被遗忘"

我站起身："对，我们生育后代就是为了留下希望

就像狄更原是撒旦的人质本没什么希望

而您母亲也不过是上帝扣押的人质也没什么希望

他们在诸神的帮助下生育我们两个种族可以去打这一仗

若能战胜上帝与撒旦就能给他们补偿

不至于使他们的希望灭亡

我们生育后代也是为了这样

战争会很残酷你我的生死尚不知端详

更不要说人类会不会死亡

然而死亡对于这个世界太过平常

更可怕的是被我们挽救的人类遗忘"

涅丝波朗想了一想

"中王陛下你说的对,遗忘

被遗忘才最可怕最使人慌张

好,我同意但与什么种族呢总不能和怪物吧我们有血亲这很荒唐"

"与人类,人类才是我们的希望

拯救他们是我们的使命只能这样

天使与怪物才能与羊人抗争才能变强"

"那怎么行?人类何其肮脏"

涅丝波朗眉头一皱神情哀伤

"他们既然能与那些狼人畜生一样"

我坐下安静异常

"天使长

没有别的办法战争就要打起你们在我们身旁

我们要保护你们为了你们的数量

那我们和你们可能全部灭亡"

"好吧,"涅丝波朗

流出了泪水,"我要在人类中找一男一女成为我们的天使
　这才周详"
"好,天使长
我原来也是人类现在是怪物你提的要求十分妥当
这事情是否需要我帮忙?"
"不用!我定能办得周详"
涅丝波朗说完转身进了厅堂
我走出天使的宫殿心中充满痛苦与绝望

第四十二章　被选择的人类

涅丝波朗选择了一个俊俏的男人把男天使扩充
给他起名阿嵩
　"嵩"是山的名字希望他能像山一样从容
他很被天使们推崇
受到了涅丝波朗的恩宠
女人的选择涅丝波朗很慎重
容貌与心灵的善良与共
终于她选中了一个女人名字也起得很庄重
叫斯沐耶，"耶"犯了上帝的名号让她有种
愤怒，她决定要拿这人类天使开刀让她决定天使未来命运
　的吉凶
众天使对阿耶极其爱护她也并不平庸
天使终于与人类交欢把种族的数量扩充
涅丝波朗和众天使都把这种
行为视为羞耻，只是外表通融
从此天使虽更加看重
把人类保护，就像呵护儿童
然而把与人类相爱交欢当成整个种族的羞耻这风气在天使

中传颂
它把这个种族操纵
成为天使永远的痛

第四十三章　羊人复活狼人

羊人用工具挖开土地使一座山发生山崩
他们找到莱卡翁和一百纯血统的狼人他们用一阵风
使莱卡翁等众狼人重获新生
并诱惑了一些人类使他们跌进狼人挖的深坑
他们还把动物们生烹
用于补充狼人的体力做得没有一点风声
他们还为了战争把火药枪加增
他们与莱卡翁商量首先要打击怪物让他们无法抗争
天使并没有太强的武力又心地善良她们的城
若少了怪物的守卫很快就会塌崩
狼人早就有报仇的想法个个应承
羊人的首领塔凯十分清楚自己与狼人的前程
他十分慎重，他不希望这次被怪物与天使战胜
他笑着对莱卡翁说："若没有你的失败你我也不会相逢
我率众部等这一天已很久了喜得与你结盟
咱们就用怪物血与天使泪来祭我们的友朋"

长诗：怪物
（2014）

第四十四章　怪物的牺牲

塔凯与莱卡翁集结了全部的兵

他们冲进了我们的领地长脖马上报警

狼人们冲上去莱卡翁一抓就打在了长脖的前胸他一惊

羊人朝他开枪他的身上被钉满了钢钉

众怪们赶到时长脖的身体已经结冰

长眉长老悲痛万分众怪都不相信自己的眼睛

我看这情况马上把战斗暂停

抱着长脖的尸身众怪退到了宫廷

等我看到众怪的愤怒已无法摆平

我发动了对狼人与羊人的攻击天使们也变得清醒

与我们一起冲向莱卡翁与塔凯的阵营

战争极其血腥

天使们虽飞在天上却躲不过羊人的火药枪和绑绳他们个个狰狞

二十多个天使同时被绑绳勒住脖颈

特拉特克瞬间冲过去用利爪割断二十多条绑绳四周是火药枪的轰鸣

特拉身中数枪那根根钢钉

要了他的命

特克被狼人围上众怪打散了围着特克的狼人刚要对他叮咛

发现特克胸口已被狼人撕开已经不行

两兄弟为了保护天使牺牲阻止了羊人与狼人登上怪物的山
  顶

十二杰与十怪联手冲上塔凯的阵营

把正在装弹的羊人杀了个干净

谁知他们竟中了塔凯的陷阱

三头为了保护四毛被埋伏好的几百狼人夺取性命

半头中了七颗火药枪的钢钉

大头和连头、半头一起倒在狼人的利爪下他们都很拧

宁死也不退回自己的阵营

四毛杀得如此狰狞

不肯收兵

长牙被莱卡翁从身后一爪穿了胸膛莱卡翁举起他火药枪又
  一阵轰鸣

长耳去救长牙也中了火药枪的钢钉

舌血中了羊人的燃烧瓶

嘴火,眼火也被钉在树上身上的血凝

小眼断后不料掉进羊人们挖好的陷阱

好在四毛平安归来这时天才放晴

十怪与八头的牺牲使众怪没了理智他们已不听命令

长眉与阿卡流斯凯斯率众部又发起进攻他们等不到天明

我的十一怪也开始冲锋怪物们已不再期盼和平

长诗：怪物
（2014）

羊人与狼人就是等着我们失去理智愤怒难平

嘴嘴吃了许多狼人与羊人的小兵

巨嘴，双嘴，封嘴与他一起也吃了很多小兵

可那些小兵也是陷阱

他们身上涂有毒汁使四个怪物送命

欧文尔冲进狼人与半羊人的阵营

萨达尔，塔木尔，阿萨尔，艾维尔，恩斯尔表情淡定

被冲上来的狼人与手持火药枪的羊人围住他们等待屠杀命
  令

六个怪物自知不敌各个自杀奉送了自己的性命

阿卡流斯这边也中了羊人设的陷阱

阿格里斯与阿文莱特尔为了保护阿卡流斯献出了生命

完赛飞尔德保护阿幽克拉也丢了性命

卡斯特服保护着克斯里由斯被围困两怪同时送命

凯斯去救阿卡流斯身受重伤他准备抛弃自己的命

这时梦斯特冲上前挡住了羊人火药枪射出的钢钉

梦由托司护着凯斯退出战场遇上了七十个狼人他面容淡定

七仙九仙赶到他们一起与狼人战斗三个怪物被更多的狼人
  索了命

梦由托哥扶着兄长他命塔塔，口眼，斯科断后三个怪物十
  分清醒

塔塔，口眼，斯科与冲上来的狼人厮打都送了命

狼人踩着他们的尸体继续追赶凯斯与梦由托哥十分狰狞

拉塔与阿卡维卡赶到他们一起抵抗狼人才使凯斯逃离了这

场血腥
我马上收兵
战争暂时结束四下里如此冰冷
我要召开会议好好布置战争以此来告慰牺牲怪物们的魂灵

长诗：怪物
（2014）

第四十五章　与天使一起部署战事

为了确保两个种族能够平安

我们带着人类躲进了宙斯的仙洞大家十分灰暗

长眉首先发难

责怪涅丝波朗进攻怠慢

只顾保证自己种族的安全

两个种族对战争都有负担

天使与怪物也发生了争端

眼看着就要不欢而散

"都住口，羊人与狼人已贯穿

整个战场，马上就占领稳郡的顶点

如今要有分工各管一端

天使长你带你的部下保护好人类使他们不至于成为狼人的
　　盘中餐

我们要互相依靠不要相互发难

坦诚地说吧怪物只有一个弱点

我们惧怕孤独绝不能孤军奋战

通力合作才能保两个种族周全

谁有良策可摆平这场混乱

不至于使我们再输得如此惨?"
众怪与众天使沉默非凡
几天下来也没商量出个良策能保两个种族周全

第四十六章　斯沐耶献计

我们还没从惨痛的战争中走出来气氛很沉闷
小将报告一位天使拜见在战后的第一个清晨
我端坐在仙洞临时搭起的帐篷中表现得诚恳
天使走进来翅膀还在颤但她表现得很是沉稳
"阿芒先生听说你原先也是人类现在效忠于神
我叫斯沐耶原先也是人
这次战争让怪物损失很多大将天使有很大的责任
但请您与众怪不要对天使怨恨
天使天生善良只会感化狼人
也没有制造武器的才能比不上羊人
但若想赢得这一战我们也有用处足以使我方翻身"
听完阿耶的话我沉默了一会"阿耶果真
有什么办法能打垮狼人和羊人？"
我着急地询问有些屈尊
"有！我们会飞并且我们有人
他们可以帮助盗取武器这样羊人
就会失去战斗力，再开战你只管向敌人一路狂奔
我们在天上感化那些失去心智被狼人变成他们傀儡的人

到时候没武器的羊人也不能更好地使用残忍
你们先将他们打垮,狼人
一定会因为保护他们
失去理智,变得天真
那时候阿芒先生他们也无法更好地使用残忍
为了保持自尊
一些地位高的狼人
还会自刎
那时我方必然翻身"
"好!"我大喜吩咐宴请天使和人
准备宴后就盗取羊人
的武器,使他们丢掉战争的魂
宴后天使与人
悄悄潜入狼人与羊人
的地盘,发现他们
已喝得大醉早就没有岗哨他们以为高大的城墙可以保证他
 们安稳
在阿耶的指挥下天使抱着人
飞跃高大的城墙把人
放在不纯血统的狼人
身边,天使们
随时准备他们万一苏醒就感化他们使他们变回人
人类轻手轻脚并不显得很笨
一下子就找到羊人存放武器的树根

第二天早晨

武器已摆进仙洞怪物们都很兴奋

我下令中午就向狼人与羊人

发起新的战争并很认真地询问

狼人中不纯血统的狼人有没有可能在战争中被变成人

其他纯血统的狼人与羊人我们会将他们斩草除根

第四十七章　战役

失去武器的羊人就像商人失去了黄金
他们的防守很快就被怪物们解禁
狼人再没有一起作战的同伴他们只能硬拼
凯塔带着赤手空拳的羊人与狼人合力抵挡我们的入侵
但他们终于无法战胜疯狂的怪物们愤怒的心
羊人与狼人被杀光他们失败的原因
是轻视了神的血统，我们的武力与神接近
处死莱卡翁和塔凯后我们十分欢欣
捧着他们的尸体我们大声诵吟
到达阿尔卑斯山下与神相聚还带来了数以万计神的子民
这庆祝的日子人，神，怪，天使各个欢欣
谁知新的苦难已整装待发向我们入侵

长诗：怪物
（2014）

第四十八章　复活

我们取得的胜利

诸神都十分满意

宙斯在上帝面前终于可以有志气

这场战役

不但使牺牲的怪物兄弟

复活，也使被上帝

扣押的洛拉丝洛回归阿尔卑斯山恢复女神的圣职

我们带着荣耀回归地狱冥神哈德斯

亲自迎候我们并从撒旦手中要来战役

中牺牲的怪物灵魂他振振有词

撒旦也只好从命把上帝的叮咛延迟

长脖第一个被复活他动了动脖子

恢复了往日的英姿

特拉特克随后被复活他们不再若有所失

长牙，长耳，舌血，嘴火，眼火，小眼也被复活他们没再
　　驳斥

嘴嘴，巨嘴，双嘴，封嘴复活他们终于可以好好休息

欧文尔，萨达尔，塔木尔复活他们不会再被撒旦所欺

阿萨尔，艾维尔，恩斯尔复活他们激动得都不能自抑
阿格里斯，阿文莱特尔复活他们终于又见到阿卡流斯
完赛飞尔德，卡斯特服，克斯里由斯复活他们又见到阿卡流斯
梦斯特，七仙，九仙复活他们又见到了凯斯
塔塔，口眼，斯科复活他们跪拜他们的王凯斯
拉塔雷特爱尔斯，阿卡维卡复活他们也跪拜凯斯
众怪复活以后都在哈德斯手下谋到了差事
哈德斯让众怪以封赏的官职
在冥界准备干一番大事
天使回到阿尔卑斯山见到洛拉丝洛被告知
上帝与撒旦很不甘心又有了新的算计
要惩罚天使与怪物来报复神的后裔
洛拉丝洛偷听到上帝与撒旦的商议
惩罚将又一次变成苦难来难为天使与怪物这将是一场新的战役
这种诅咒诸神无法干预只能怪物与天使一起承担这惩罚的时期

第四十九章 惩罚

上帝以天使与怪物要驻守人间为由给宙斯造了辆车
方便他看望驻守人间的天使与怪物还为他们盖了房舍
他还命撒旦把狄更特赦
让狄更跟随哈德斯回归冥河
但是涅丝波朗被上帝留在天国履行职责
复活的波特昂与红体也被撒旦留在地狱忍受苦涩
他继承了父亲的职责
带着妻子在泥水池中管理人类的罪恶
阿嵩与阿耶替天使接手驻守人间的职责
天使们与他们十分难舍
临行前涅丝波朗挨个
嘱咐他们不可忘记天使的耻辱断不可
与人类有什么牵扯
人间是个欲望的场所那里有蛇
它受到堕落天使的指派专门对女人作恶
它曾奉命诱惑人类的祖先夏娃吃下禁果使得人类从此终生
　　坎坷
堕落天使就是撒旦在天国时他就因嫉妒众天使而堕落背负
　　重责
最后涅丝波朗对两个天使说：

"我们怕被人类遗忘,那很苦涩
阿嵩在人间要等待接替你的怪物这可以结束你在人间的坎坷
你会生场大病替人类再次抚摸苦难这是你的职责
之后你会在人间死去回归天国从此不再与人间有任何瓜葛"
涅丝波朗说完转向阿耶:"而你的职责
毕竟天使是姐姐不忍弟弟独自忍受坎坷
也担心他不能完好地履行职责
怪物遇到你后就不必那么忐忑
他也会得场大病告别人间的折磨不再忍受孤独的苦涩
你将替他在人间过活我要特别提醒你人类很色
但恐怕你免不了与他们生活为他们收割"
说完涅丝波朗神情苦涩
她实在不忍心她挑选的人间最纯洁的女人坠入欲望之河
她难以掩盖悲伤一挥手阿嵩与阿耶坠入人间天空出现淡淡的红色
地狱中我第一次见到波特昂与红体心中忐忑
他们得知我挽救了怪物种族对我十分疼爱也很不舍
得知我自告奋勇替怪物去人间履行职责
他们先是惊愕
之后十分悲伤但又没有更好的对策
临行前宙斯之子阿波罗接见了我,这位歌者
赠给我诗人之笔,让我履行诗人这神圣的职责
他说他一共只有两个名额

长诗：怪物
（2014）

已经给出去了一个
"你对涅丝波朗说过不怕死亡怕被遗忘我们如今把上帝招
　惹
他不会让人类记住我们的功劳可
有了这诗人的身份，就可
自己抒写，这机会难得
男天使与你有共同的职责
可惜你们不会相遇你一出现他就会告别人间的苦涩
回归天国成为真正的歌者
你要把我们的故事载入史册"
说完他回归阿尔卑斯山往天空中一射
在月亮旁留了星星一颗
"诸神会在那星星上集合
召见迷失方向的怪物与天使给他们新的品德
这很豪奢
要珍惜这是神为你们履行的最后职责"
我来到人间果然没与阿嵩相识但我们彼此照射
冥冥中都感到对方的存在这真奇特
他年纪轻轻就夭折
没有受到人间的污染上帝与撒旦对此也没辙
他回归天国成为俄耳甫斯之后又一位高尚的歌者
上帝与撒旦把报复放在我与阿耶的身上我们的人生必会经
　历苦涩
但我已准备好与她共赴这艰难的时刻

第五十章 归途

上帝为了使神的后裔蒙羞把我从重病中挽救逐步实行他的
   报复
并让狼人的残部
在东边给我苦难使我不好在东边停驻
因为宙斯命哈德斯在东边地下建立冥界进展神速
太阳升起的地方造下冥界能使狼人糊涂
他们以为冥界应该在太阳落山的地方这样才顺应世俗
我很快就发现了哈德斯派来的几个怪物
熊斯也留在我身边把我细心保护
他在人间也结婚产下一子建立了另一群新的怪物种族
斯科与他一起留驻
这是梦由托哥私自送我的礼物
撒旦的任务
是针对阿耶但他还没有使出致命的狠毒
他只是让狼人用武力把阿耶束缚
阿耶很快识破了他的设计摆脱了这束缚
撒旦又使她遇上人类把天使的厄运重复
好在这人类天生善良没打算把阿耶辜负

长诗：怪物
（2014）

而我却又中了上帝的埋伏

忘记神的旨意私自去西边查看狼人的潜伏

意外发现西边地下建起的神洞这神洞为了把天使庇护

我与阿耶很快就坠入了情网因为彼此都知道在人间的辛苦

这相爱反倒使我们把怪物与天使的身份暴露

上帝与撒旦早就知道会有这么一出

他们早就商量好用这种方法把诸神给怪物与天使的庇护所
   解除

诸神对此也无力弥补

天使不得已飞离神洞另寻她的归宿

神洞在人间覆灭成为尘土

怪物也将离开冥界另觅出路

冥界也将空空如也不再稳固

上帝在我们中间造了爱情使我们对命运很无助

撒旦在我们中间造了欲望使我们必将彼此辜负

怪物被上帝定为人世的囚徒

永远无法得到自由的尺度

天使被撒旦操控这堕落天使早就因为嫉妒

想好好地报复一下天使种族

他派羊人来到天使身边诱使她把淫荡暴露

天使的纯洁被羊人轻蔑地亵渎

她已经自身难保不能再像过去一样帮助怪物

只能与怪物一起承受人间的痛苦

这也是他们相爱必走的路

上帝使我们相遇抵消了怪物在人世的孤独

撒旦减轻了天使与人类生活的部分羞辱

上帝把对我们的惩处

写进每本圣经的每一处

只有我们能够看出

我们翻开书页金色的字迹如此突兀——

"天使将嫁为人妇

怪物将永久孤独

曾试图拯救人类的两个种族

也将在这个世界上音信全无"

我祈求上帝让撒旦撤走羊人不要再对阿耶进行玷污

为此我将皈依基督

上帝为此来到我的住处

"我的孩子,我创造狼人因为人类有邪恶的天赋

我让洪水把他们杀死以为这样他们就会变得更淳朴

可是他们仍然把邪恶当成艺术

我又派下唯一的儿子来到世上把他们的罪救赎

他们又让我失望我只能收服

让莱卡翁替我销毁我亲手创造的种族

天使是我的圣军我本身对他们的态度

是不嫁也不娶只让他们留在天国替女神掌管事务

可她们却要效忠于另一个神对我不服

羊人也不是那么轻易就接近了天使把她征服

只由于你被爱情蒙蔽了双眼送给天使的礼物

这礼物成为了把柄使羊人把天使奸污

现在你成为了我的信徒

我将解除一切不好的诅咒你也不会再有嫉妒

你的爱变得更加圣洁不会再被人类世界亵渎

你不是我的奴仆

你将成为又一个耶稣

我的孩子,去爱世人去侍奉主

你的一生都不会再经历痛苦

只要你学会了宽恕

世上就不再有恶毒"

从此我成为了上帝的信徒

我主与我天上的父

给了我不少礼物

他们用残缺教会我不贪恋世俗

并住进我的心中赎了怪物这个种族

最大的弱点,他让我不再感到孤独

宙斯得知消息后十分愤怒

夜晚来到我的住处

"你既然向上帝与撒旦屈服

再也得不到诸神的宽恕

你将成为天使与怪物的叛徒

不再会被怪物保护

我将收回对你的祝福

也撤去对你的庇护"

他宣告完消失在夜晚身上披着漫长的夜幕

我与熊斯商量让他不要再带领他新的种族

对我有什么额外的照顾

熊斯不肯他知道上帝给了我爱，撒旦又把这爱安上了嫉妒

这个诅咒只有上帝自己能够消除

他命儿子小熊斯在阿耶身边留驻

使羊人不再能靠近阿耶把她摆布

而他与我将一起留在人间死后化为尸骨

永远不会再踏上那幸福的归途

所有的一切都宣告结束

我将永远忍受被天使与怪物厌恶

但我的心中尚存些许满足

那是对阿耶的爱馈赠给我最后的幸福

2013.9.6

2014.5.20 最后一次修改

长诗：怪物
（2014）

主要角色名单

怪物部分

狄更：男恶魔，波特昂与涅丝波朗的父亲

洛拉丝洛：女天使，波特昂与涅丝波朗的母亲

波特昂：怪物族长，傲酷拉尔革、凯斯、梦由托司、梦由托哥、阿卡流斯、阿格里斯的父亲

红体：野怪族长，傲酷拉尔革、凯斯、梦由托司、梦由托哥、阿卡流斯、阿格里斯的母亲

傲酷拉尔革：六兄弟中的老大，红体与波特昂的大儿子，怪物大王爷封赏后为南王爷

凯斯：六兄弟中的老二，红体与波特昂的二儿子，怪物王封赏后为南王

梦由托司：六兄弟中的老三，红体与波特昂的三儿子，怪物小王爷封赏后为南小王爷

梦由托哥：六兄弟中的老四，红体与波特昂的四儿子，怪物小王封赏后为南小王

阿卡流斯：六兄弟中的老五，红体与波特昂的五儿子，怪物外王封赏后为西王

阿格里斯：六兄弟中的老六，红体与波特昂的六儿子，怪物外小王封赏后为西小王

阿芒：原是人类，诗中的"我"，后被凯斯封为藩王，

封赏之后为中王

特琳娜：引领天使挽救怪物，后加入我的麾下，狼人战败后嫁给我，封赏为中王后

熊斯：特琳娜贴身守卫，特琳娜嫁给我时的陪嫁，封赏后为暗护中王卫士

特拉：特琳娜手下，封赏时与弟弟特克一起封为护中王卫士

特克：特琳娜手下，封赏时与哥哥特拉一起封为护中王卫士

姆特尔：我的贴身护卫队队长

欧文尔：我的贴身护卫队队员

恩特尔：我的贴身护卫队队员

萨达尔：我的贴身护卫队队员

塔木尔：我的贴身护卫队队员

伊维尔：我的贴身护卫队队员

阿萨尔：我的贴身护卫队队员

凯特尔：我的贴身护卫队队员

艾维尔：我的贴身护卫队队员

恩斯尔：我的贴身护卫队队员

基德尔：我的贴身护卫队队员

阿文莱特尔：阿卡流斯之妻，阿卡流斯来到人间时陪伴阿卡流斯，为外王后，狼人战败后封赏为西王后

阿幽克拉：阿卡流斯部下，原人间留守府神探，狼人战败后封赏为西王大谋士

克斯里由斯：阿卡流斯部下，原人间留守府伯爵，狼人战败后封赏为西王伯爵

完赛飞尔德：阿卡流斯部下，原怪物祭祀首领，狼人战败后封赏为西王左将军

卡斯特服：阿卡流斯部下，原人间留守府首领，狼人战败后封赏为西王右将军

拉卡斯：阿卡流斯部下，被宫廷俘虏的野怪，原怪物祭祀抓捕处决总管，狼人战败后封赏为西王抓捕处决总管

拉克斯：阿卡流斯部下，与哥哥拉卡斯一起被俘，原暗护外王终结卫士，狼人战败后封赏为护西王终结卫士

卡卡斯特朗：阿卡流斯部下，原人间留守府捕人者，狼人战败后封赏为西王捕人者

多嘴：阿卡流斯部下，原人间留守府打手，狼人战败后封赏为西王刽子手

醒司：阿卡流斯部下，原人间留守府潜伏者，狼人战败后封赏为西王潜伏者

七仙：凯斯部下，原暗护王终结卫士，狼人战败后封赏为暗护南王卫士

九仙：梦由托哥部下，原暗护小王终结卫士，狼人战败后封赏为南小王卫士

拉塔雷特爱尔斯：凯斯部下，原督王首领，狼人战败后封赏为南王督王首领

阿卡维卡：凯斯部下，原督督王首领，狼人战败后封赏为南王督督王首领

凯文托娃：凯斯的妻子，原宫廷的王后，狼人战败后封赏为南王后

梦斯特：凯斯部下，原宫廷丞相，狼人战败后封赏为南王丞相

雷死：梦斯特部下，原宫廷护相守卫，狼人战败后封赏为南王护丞相守卫

塔雷：凯斯部下，原宫廷大将军，狼人战败后封赏为南王大将军

幽幽奇：梦由托哥部下，原宫廷副将军，狼人战败后封赏为南小王将军

斯丁尼特尔：原宫廷亲王，由于与王后凯文托娃有奸情被打入死牢，后被弟弟拉维特尔司挽救，与弟弟投奔野怪，从此用巨鼻的名字藏匿于野怪之中

拉维特尔司：原宫廷亲王，为了救哥哥斯丁尼特尔，与哥哥一起投奔野怪，从此用巨嘴的名字藏匿于野怪之中

舌眼：凯斯部下，原宫廷大司马，狼人战败后封赏为南王大司马

凤眼：凯斯部下，原宫廷司马，狼人战败后封赏为南王司马

拉司克：梦由托哥部下，原宫廷司空，狼人战败后封赏为南小王司空

塔塔：梦由托哥部下，原宫廷提辖，狼人战败后封赏为南小王提辖

口眼：梦由托哥部下，原宫廷司徒，狼人战败后封赏

为南小王司徒

斯科：梦由托哥部下，原宫廷猫王首领，狼人战败后封赏为南小王猫王首领

秃子：梦由托哥部下，原宫廷守护者，狼人战败后封赏为南小王守护者

天使部分

涅丝波朗：天使族长，狄更与洛拉丝洛的女儿，波特昂的姐姐

阿嵩：人类的美男子，被涅丝波朗选中成为男天使

斯沐耶：人类的美人，被涅丝波朗选中成为女天使

人类部分

爱德熊：人类的新首领，同莱卡翁合作与怪物开战

羊人部分

塔凯：羊人首领，复活莱卡翁并与他一起与怪物天使作战

附录
钟放生平

1989年2月27日出生于北京，是双胞胎中的老大，出生时体质较弱，此后身体一直不太好，但记忆力惊人；

1993年进入北京朝阳少年宫幼儿园；

1995年起，就读于北京史家小学；

2001年起，在北京亦庄实验学校读初中，期间开始写诗；

2004年起，就读于北京中央工艺美术学院附中，期间患肾脏疾病；

2008年，汶川地震，瞒着家人带病去震区做志愿者；

2009年，入读北京邮电大学动漫专业；

2010年，病情恶化，休学，并开始透析；

2011年，换肾，出版第一本诗集《打结的电线杆》；

2012年，与上海诗人周海明、王晟、于慕文等组建"囚徒诗歌俱乐部"，任《囚徒》主编，出版第二本诗集《稻草人的故事》；

2013年，与秦失等人组建"阁楼诗歌小组"，任《阁楼》主编，小组主要成员有黄圣、张杭、江汀、丝绒陨、邱岩、白木、王卫、昆鸟；

2014年，出版诗集《猫》；

2015年，受《卡拉马佐夫兄弟》触动，皈依基督教；

2016年，新肾状况恶化，住院，10月5日早上透析时突发肺梗塞，去世。

附录

黄灿然与黄圣的通信

  最近的上海之行期间,夜访朋友黄圣的书店。他送给我一本他的开闭开书店自印的《钟放诗抄》,并说钟放是个基督徒,因病早逝,只活到二十多岁。这本小诗集就成了我在上海期间剩下的日子里翻看的书,取代了随身携带的英译本《贺拉斯诗选》。钟放的诗,看得出受了一些大师例如曼德尔施塔姆和当代诗人例如多多的积极的影响,但个人的原创性却更为明显。我认为他写得好,固然有生者对死者尤其是早逝者的不可避免的同情因素在起作用,但我相信如果黄圣没告诉我钟放的身世,我依然会同样喜欢他并推荐他这些诗,差别也许只会是我不另加任何按语。黄圣在给我发来钟放的诗的邮件里,附上了一封关于钟放的信,既简约又深情。我把这封信也放在这里。

黄灿然

灿然：

你喜欢钟放的诗，认为他写得好，而他其实只是默默无名的诗人。你有这种判断，我好高兴。能在你的公众平台给他的诗做推广，实在太好了。

去年他走之后，我们一直谋划出版一本他的诗集却屡屡碰壁。现在这里提供给你两份诗选，一份是我严选过的，另一份依然是朋友们选过的但范围更宽泛。供你参考。费心了。

在我心中，钟放是一个真正的诗人。他不是那种用知识话语塑造出来的诗人。他甚至是可以张嘴就来，记忆力佳，对句子迷恋，拥有那种生来是个诗人的大大咧咧的气势。他不是苦吟派，但如果人们据此认为钟放的诗得来容易，那是没有看到他的勤奋。他还是有学养。他的学养是谁呢？拜伦、普希金、里尔克、波德莱尔、洛尔迦等等。钟放不太局限于时下盛行的现代主义。他抓源头，就算不太古老也是抓住血肉、骨架和根本。钟放不要装饰性，因此他不会被看见。钟放不是从学究角度去接近这些诗人，他是从血缘上。基本的正义感、热情、骄傲，以及对诗本身的热爱，对语言，对诗人身份的这种敏感：无比自豪。钟放有受难情结，这与他的身体有关。他一定同意拜伦的盟友雪莱的那句话：诗人是立法者！钟放随时打算为诗辩护。他的方式是肉身，他的肉，体态，他的大模大样，他的嗓音。钟放是我见过最坦然的人，他身上没有那种犹犹豫豫、闪闪烁烁，如果不写诗，他可能不会是现在这样的人，但他照样会是个不错的人。他的灵魂无比健康。像他的人一样，壮硕、皮实，这也是他诗歌的首要特征，他从不假模假样，他的句子都是真的。哪怕他写了一个错句子，那也不会是一个假句子。他诚实，不欺人亦不自欺。这是一种能力，他也不会礼貌和假客气，他不绕弯子，所以他有力量，他不一定深，却不会薄，所以他不会浅薄。他写什么都会有一种厚实的力度，有一种作为人的基本完整，他并不希求他自己抓不住的东西，他不搞玄学，不故意跳跃和断裂。但钟放有他的局限，他没有社会生活，他作为成年人是不独立的。因为身体，也因为家庭，他一直是依赖父母生活的，这导致了他并不成熟，题材也有局限，但后期的社交扩大以及皈依基督教还是拓宽了他的题材和诗歌深度。其实我没有那么了解他。我评价这些，不是因为我有资格，而是因为我喜欢他，我想念他，能成为他的朋友，我很荣幸！

黄圣
2016

编后记
"世界的五脏烂掉了"

  2016年10月5日上午,钟放去世了,透析时突发肺梗塞,去世时27岁。前一天下午,我们还通了电话,说过两天再去看他。第二天,抬钟放尸体的时候,我觉得竟然那么轻,这让我愤怒。那是他在那年第二次住院,他换的新肾又不行了,每周要做两次透析。我想,即使现在肾源难找,就是靠透析,他也能坚持个20年(钟放自己在诗里祈求过上帝,求上帝再给他10年时间),到那时,我一定能看见一个完成了的钟放。一个完成了的钟放一定是一个光风霁月的人物,无论是诗歌还是做人,我一直这么认为。完成了的?这多恶心,世上有过没有完成的命运吗?从来都没有。人就是人,人就是夭折。

  我常常回想钟放当时的音容,也一直在推测他变老后的样子,在我肉眼所看到的范围内,能和他对应的形象,应该是比利·怀尔德在《控方证人》中塑造的威尔弗雷德律师。我感觉他就是钟放老年的样子,仍旧在想尽办法满足自己的嗜好,哪怕这些嗜好会明显地损害健康,但是,他光明、坦荡、对正义紧咬住不放。到那时,钟放也会有老律师的沉着和机智。我爱钟放是因为他身上有我再加一个人生也修不来的善良和纯洁,他活得那么统一,那么绝对,那么勇敢,那么让人不由分说地信任、尊敬。

编后记

　　钟放的死一度让我莫名愤怒，为他活着的时候遭受的恶意，命运的恶意。钟放几乎爱这个世界上的一切，哪怕是他在恨什么的时候，也都携带着绝对的爱的威力。我时时都能感受到他灵魂里的绝对性，那种超越常人的耐受力、心理容量和对他人的理解力，还有瞬间将其全部喷射出来的毁灭倾向。对钟放自己来说，这很糟糕。因为有承受力的心灵，总是驮着最多的稻草，当它驮不起最后一根，就彻底崩溃。人们总是看见，钟放发作了，无端地发作了，不是的，是你伤害他已经太久了，你伤害他是因为你觉得他不懂那是伤害，所以更放肆地倾泻你的伤害。其实他什么都明白，他洞若观火，但他不计较。

　　曾经，他太缺朋友，因为他的身体，他的傻，他对那些因太纯粹而太容易亵渎的事物的极致渴慕。这世界就安排各种各样的人来伤害他，通过荼毒他最珍爱的东西——友谊、爱情、忠诚、正直，钟放一直在为这样的东西受难。交朋友太难了，最难的是当你想要结交一个人的灵魂。谁最先赤裸灵魂，就将首先撞上人性的秽物，男人的，女人的。这是恶性循环，越是没有朋友，越是急切地寻找朋友，灵魂的朋友。钟放以外的人，我都能看到他们灵魂的残疾之处，只有钟放的灵魂是圆满的。灵魂圆满的代价为什么是死？

　　钟放不管这个，我说他是喜欢"一屁股坐在刀子上的人"。人们总是说："不要拿你的纯洁绑架世界。"是的，我们错了，这不是我们的世界，是他们的。在逻辑中，钟放死了，很多次。毁灭感也让人上瘾，我体会过那东西，但钟放应该比我多体会了数倍。钟放最后的那段日子一定是很绝望的,不然就不会说,"世界的五脏烂掉了"。

回想起来,我对钟放也不好,只知道苛刻地,甚至凶暴地要求他改变,摧毁他的天使特征和他对这些特征的沾沾自喜,因为这些让他遭受了太多。我告诉他,如果你不想有人能伤害你的纯洁,就要让人心生畏惧,那些人,会因为你刀剑一样的纯洁而成为你真正的朋友,你的纯洁会因为它也是刀剑而被欣赏和拥抱。我已经是魔鬼了,难道我无恶意,难道我没有肆意地享受口舌上的快意?我一直向钟放的在天之灵忏悔,一辈子,直到我有愿望悔改。

钟放和我因为诗歌结识,那时他正急切地寻找同道,我的印象中,钟放总是那么急切地寻求着什么,爱情、友谊、信仰,诗歌就是他的信仰。好像是万寿路地铁站,2012年冬天,一个胖子,脖子里挂着长长的围巾,在那儿等我跟上海跑来的黄圣。黄圣事先也没多做介绍,我也没看过钟放写的诗,到我家后,钟放朗诵了一首诗,一下就把我震了。他诗歌中的气息,朗诵时的咬字、节奏,还有他自在的气度,都让我吃惊。从那晚开始,我们是朋友了。

那时候,尽管已经写了快10年的诗,钟放的写作还在比较单纯的浪漫主义传统里,甚至在某种程度上是古典的。他用韵用得很自如,气息贯通,朗朗上口,但有时也会因为太强调韵而丧失表达的精确,又显得有点老派。他是那种从小在文学上受到了鼓励,又没有得到足够引导的诗人,

编后记

因而也就一直那么写了下去，没有多少发展，但底色里有真金。我也就勉为其难地做了回大哥，但说实话，我连自己多深多浅都不知道，只是虚长几岁，我1981年的人，钟放是1989年的人。那时候我自以为是，提议让他建立形式和精神上的自觉，整天一起读书，一起写作。他给我带来了无尽的快乐，在他面前，我感觉自己被打开了，没有变成个更好的人，但越来越像我自己。无论你的内心有多冰冷，钟放都能把你融化。

后来，陆续纠集了很多朋友，乌乌合合地创办了一个诗歌组织，叫"阁楼"，钟放当主编。因为，就我的认识，没有人比他更有那种无私，愿意为一个共同目标牺牲一切。"阁楼"是个节点，从组建到后期的运作、维护，人性的秽物和灵魂绝对性的战争没有停过，灵魂的绝对性完美地失败了。

兄弟的归兄弟，诗歌的归诗歌。钟放的诗，我不想谈太多（想起钟放，想起的都是他的人，真要谈诗歌，可能还要几年，需要清理太多内心的杂物），免得有爱人及诗之嫌，只简单谈谈。钟放的作品，总呈现一种向世界完全敞开的状态，现在，这是罕见的啦，就算是诅咒式的句子中，也能看到他拥抱世界的愿望；他的声音中，没有丝毫的扭捏，是直奔表达而去的，而其中自有他的领悟，那是拿命领悟来的、尚且粗粝的东西。但它们又非常美，那种美是灵魂独有的。

钟放爱惜自己的诗，但没有养成整理自己作品的习惯，他总是把诗写在纸上，放成一摞。他喜欢诗的物质存在形式。尽管生前已经出版三本诗集，但在编这本集子的时候，我和钟放的家人都没能找到电子文档，只能重新录入，只有最后几年的诗，留在微信朋友圈里。选诗难免有个人标准，但我尽量把他各个时期较成熟的诗尽量多地放进去，希望大家在这里读到的钟放是完整的。

2017—2020

一点补充

今年初，黄福海先生找到了钟放的长诗《怪物》发给黄圣，黄圣转给了我，我把《怪物》也编入了诗集。《怪物》在我看来并不成功，结构、语言和主题都不是特别出色，但长篇叙事诗现在十分少见，而且也是钟放写作的一个重要面向，还是呈现一下比较好。

昆鸟
2021

图书在版编目（CIP）数据

钟放诗选/钟放著. -- 上海：上海文艺出版社,2022
ISBN 978-7-5321-7774-5
Ⅰ.①钟… Ⅱ.①钟… Ⅲ.①诗集－中国－当代
Ⅳ.①I227
中国版本图书馆CIP数据核字(2020)第257789号

发 行 人：毕　胜
责任编辑：解文佳
特约编辑：王丹姝
封面设计：丁旭东

书　　名：钟放诗选
作　　者：钟　放
出　　版：上海世纪出版集团　　上海文艺出版社
地　　址：上海市闵行区号景路159弄A座2楼　201101
发　　行：上海文艺出版社发行中心
　　　　　上海市闵行区号景路159弄A座2楼206室　201101　www.ewen.co
印　　刷：启东市人民印刷有限公司
开　　本：889×1092　1/32
印　　张：9.625
插　　页：2
字　　数：214,000
印　　次：2022年2月第1版　2022年2月第1次印刷
Ｉ Ｓ Ｂ Ｎ：978-7-5321-7774-5/I・6174
定　　价：65.00元
告 读 者：如发现本书有质量问题请与印刷厂质量科联系　T:0513-53201888